Entraña del adiós

Jesica Sabrina Canto

Entraña del adiós

ENIGMA EDITORES

La escritura es un enigma
que aroma el salvaje misterio

Canto, Jesica Sabrina

Entraña del adiós / Jesica Sabrina Canto. - 2a ed . -

CABA: Enigma Editores, 2019.

192 p. ; 21 x 14,8 cm

ISBN 978-987-4939-28-9

1. Narrativa Argentina Contemporánea. 2. Relatos realistas.

I. Título.

CDD A863

Contacto con la autora:

jesicasabrinacanto@gmail.com

Edición y maquetación: Jesica Sabrina Canto

Diseño de portada: Alessandra Ferrazzano Pescara

Enigma Editores: www.enigmaeditores.com.ar

enigmaeditores@yahoo.com.ar

ISBN: 978-987-4939-28-9

Hecho el depósito que marca la ley 11.723

Es trágica la entraña del adiós,
como de todo acontecer
en que es notorio el tiempo.

J. L. Borges
(poema dedicado a
Rafael Cansinos Asséns)

Doloroso déjà-vu

A Roberto ese día le había quedado grabado en la mente. “Abuelo, vamos a ver la tele”, le dijo Esteban cuando había ido de visita al departamento que Cristian, su hijo, alquilaba en Villa Urquiza, en una esquina con balcón a la calle. El niño, que había heredado las pecas de su padre y la mirada de su madre, se sentó a su lado en el sillón de un salto, casi haciéndole derramar el vaso de vino que tenía en su mano. Afuera el cielo estaba nublado, anunciando una tempestad, lo que se podía ver a través del ventanal de vidrio. Roberto estaba allí, como si no estuviera, con sus vaqueros y mocasines que desde que Cristian era pequeño usaba siempre que no estaba en la fábrica. Desde que su esposa había muerto, el cuidado de su imagen había perdido toda relevancia. Ya se estaba quedando calvo casi por completo y la barba apenas le crecía, las pecas y manchas marrones en su piel se hicieron más notorias, y sus ojos contenían las lágrimas incluso en los momentos más felices.

Cristian estaba preparando la cena. Siempre se le había dado bien cocinar, había aprendido por su cuenta, o eso le dijo él siempre. Pero Roberto sospechaba que doña Marta, la vecina con la que se quedaba mientras él iba a trabajar, había tenido algo que ver. A su hijo, por ese entonces, le costaba relacionarse con los niños de su edad, pero con Marta actuaba con total naturalidad. Recordaba el primer día que tuvo que dejarlo con ella.

Tocó la puerta, y ella abrió vestida con su bata roja con flores verdes, los ruleros y redecilla en la cabeza. No hizo falta que le preguntara si podía cuidar al niño, ella le sonrió y le dijo “No te preocupes, andá tranquilo”. Roberto caminó mirando hacia la puerta pintada de negro, mientras Cristian entraba en la casa. “Estoy haciendo manzanas al horno, ya vas a ver que ricas”, dijo su vecina mientras le acariciaba el pelo enrulado a su hijo, que no había dicho ni una palabra desde que lo había despertado esa mañana, que no había querido desayunar y a quien tuvo que vestir él mismo para poder sacarlo de la casa.

Ese día Roberto se había esforzado por regresar cuanto antes. Golpeó la puerta, y la voz de Marta le gritó que entrara. El interior de la casa estaba igual que la vez que su mujer le pidió que le llevara la lasaña que le había preparado a la vecina que estaba enferma. Las paredes vestían empapelados a cuadrillé verde y dorado, y había un estante de madera a lo largo del recibidor. No era solo un estante común: él, hijo de un carpintero, reconoció enseguida la madera de pino cruda, sin barnizar. Sobre él se exhibían platos decorativos pintados. Se detuvo un momento a contemplarlos: el Mausoleo de Halicarnaso, la Estatua de Zeus, el Coloso de Rodas, el Faro de Alejandría, el Templo de Artemisa, la Gran Pirámide de Guiza y los Jardines Colgantes de Babilonia. Las referencias estaban escritas en letra cursiva negra en el borde de cada plato, con una caligrafía muy pulcra. ¿Serían sitios que su vecina había visitado en su juventud o solo una mera colección de baratijas que compensaba la imposibilidad de admirar aquellos lugares en persona?

Avanzó por el pasillo siguiendo el ronroneo que venía del living. Allí, el sillón estaba corrido contra una pared y la mesa china roja con dragones pintados en dorado movida a una esquina, junto a una estantería llena de libros. Marta acariciaba la panza de su gato siamés sentada en el sillón. El animal de pelaje blanco y orejas, cola y rostro gris miraba a Roberto con fijeza, escrutando a quien había ingresado en su territorio. Sin embargo, no movió más que la cabeza y seguía panza arriba con las patitas dobladas. Cristian estaba sentado en el piso, inclinado hacia delante y con sus medias a la vista. Su padre pasó la mirada por el suelo de la sala, recubierto de rompecabezas de paisajes naturales, cataratas, bosques, acantilados, un atardecer en el mar, armados con exactitud. En la tapa de una de las cajas que estaban apiladas a un costado se podía leer “100 piezas”. El que el niño estaba armando en ese momento era la imagen de un desierto con cuatro dunas de arena naranja y una hilera de camellos hacia el fondo. El sol no estaba a la vista, pero el cielo era por completo celeste, sin ninguna nube ni pájaros.

Roberto solo dijo “Hola” y se sentó en el piso junto a su hijo, cruzando las piernas y tratando de entender cómo hacía Cristian para colocar cada pieza que tomaba en el lugar que le correspondía, sin necesitar ir probando si encastraba. Se quedó admirado y tuvo la sensación, por primera vez desde la muerte de su esposa, de que su hijo saldría adelante.

Años más tarde, con su nieto sentado a su lado en el sillón frente a la tele, el dolor lo invadía tan hondo que sus manos temblaban. ¿Era acaso que en esa familia los varones estaban condenados a la misma suerte? Quería hablar con su hijo, lo había querido hacer desde hacía unos meses, desde el día que acudió con su traje negro al funeral de su nuera. En realidad, desde el momento en que recibió la noticia por boca de Cristian a través del tubo del teléfono y que solo había atinado a decir "¿Necesitás algo?".

¿Cómo expresar lo que solo se puede sentir?

Sabía lo difícil de la situación, del esfuerzo de disimular ante un hijo, de la soledad y la necesidad de volver el tiempo atrás. Acostarse en la cama vacía y girar de un lado al otro sin poder dormir. Minutos eternos esperando que ella terminara sus quehaceres y fuera a su lado, rodearla con los brazos y cerrar los ojos respirando el aroma de su pelo. Sentir el tacto de su mano al engancharla con esos dedos que tanto la ansiaban. Sensaciones que se extienden hasta el amanecer, el despertador que suena a la par que el sol irrumpe por la ventana, sin que las cortinas blancas le opongan ninguna resistencia. Levantar la vista y ver a ese niño fruto del amor, con su pijama a cuadros y la almohada apretada contra el pecho, parado en el marco de la puerta abierta y que de repente dice: "Soñé que mamá venía a buscarme al colegio".

Roberto no supo cuál era la forma correcta de explicarle a su hijo que aquello ya no podía ocurrir, y treinta años después tiene esa misma sensación... de no saber cuál es la manera correcta.

Miraba a su nieto de reojo, quería acariciarle el pelo, pero tenía miedo de llorar. Sentado en el sillón de cuero blanco, miraba las paredes que eran una de cada color, verde, celeste, lila, naranja, amarillo, colores claros tono pastel que intentaban atraparlos en su dimensión de calma. Pero Roberto sabía que cada tanto el exceso de calma saturaba la voluntad del más perseverante de los hombres, como el día en que tomó un viejo palo que encontró en el cuarto del fondo y rompió todos los espejos de su casa solo porque no logró soportar que su amada esposa ya no pudiera festejar su cumpleaños.

El departamento de Cristian parecía querer olvidar. Evitar el mayor daño posible. Con las estanterías desprovistas de fotografías y la ausencia de flores o rasgos de mujer. Roberto reconoció en esa austeridad a la que él llamó la "segunda etapa del dolor": de no querer mover una percha a quitarlo todo con desesperación.

El día del quinceavo aniversario de su casamiento, el primero en que ella no estaba, Roberto no pudo soportar la ausencia de su esposa. En el baño su cepillo de dientes recordaba su ausencia, lo tomó y comenzó por tirarlo al tacho de basura, pero en la cocina un imán con forma de faro hacía alusión a la luna de miel. En el tacho se acumularon en pocos minutos el cepillo, el imán, las fotos de ella de joven que solían estar sobre la chimenea y su disco de vinilo favorito. En la habitación más de una bolsa negra de consorcio acogió toda su ropa y zapatos que el párroco del barrio recibió con agradecimiento y bendiciones. Sus joyas quedaron, pero el alhajero pasó de la mesa de luz al fondo del placar empotrado en el estante superior donde no se podía llegar, a no ser que hubiera necesidad.

Roberto sabía que el olvido se resistía y que nunca llegaba, que cada rincón del camino generaba del párpado hacia dentro una lágrima, para hacerle compañía a los recuerdos. Lo sabía, pero no lo decía, porque las palabras no pueden explicar algo que es tan inexplicable.

Quería ayudar a su hijo, quería cuidar a su nieto, pero también quería tomarse un micro hacia las montañas y quedarse allí, quería abrazarlos, pero temía llorar. Veía su vida reflejada en ellos y deseaba escapar, pero se quedaba porque era más importante estar. La cordillera andina lo llamaba con el fervor creciente de revivir los senderos de un viaje con su mujer. Pero no lo hacía y sabía que no lo haría en un futuro. Él sabía cuál era su lugar, no por imposición del deber, sino porque lo quería, solo no sabía cómo. Estaba, pero sentía que no contribuía, y se enojaba consigo mismo.

Pensaba y se esforzaba, sin encontrar respuestas. Se consolaba, en parte, con estar. Pero no de cualquier modo, él tenía que ser como esas paredes abstractas y contribuir a la calma. Terminó el vaso de vino mientras observaba a su nieto sentado a su lado en el salón viendo unos dibujos de un robot gigante de color amarillo que de pronto se transformaba en un auto y avanzaba a toda velocidad por una autopista poco concurrida. El sonido que salía de la pantalla plana era casi lo único que escuchaba. Casi porque él, además, escuchaba la voz melodiosa de su esposa que solía cantar mientras cocinaba. Y su risa...

Roberto y su esposa estaban sentados los dos en la misma mesa con vista a la calle de un restaurante de comida española donde habían ido en su primera cita. Él, feliz de tenerla a su lado, le llenaba la copa con vino blanco como en cada aniversario. Ella, bien arreglada, con un colgante con forma de corazón sobre la piel pálida, se pasaba los dedos por el cuello acariciando sus pequeños lunares. Y él, con traje, zapatos de vestir y la corbata verde de esa primera cita que, quiso el destino, combinaba con el dije que ella lucía.

El corazón con pequeñas piedras esmeraldas, luego de la muerte de Aurora, permaneció en el joyero por años, hasta que un día la cuñada de Roberto fue a visitarlo para contarle que estaba esperando una niña y que había decidido llamarla Aurora. Entonces Roberto le regaló el colgante para la pequeña que llevaría el nombre de su difunta esposa.

Cada pareja tiene esos detalles que son especiales, esas pequeñas cosas que se valoran y se anhelan cuando ya no están, cuando mirás el reloj esperando escuchar la puerta y los minutos pasan y la cerradura no cede, cuando ves a viejos amigos y no te preguntan por ella, cuando ya no hay necesidad de negociar con qué familia pasar la Nochebuena.

Roberto dejó el vaso vacío sobre una mesa baja de vidrio al lado del sillón y se puso de pie. Avanzó por el pasillo en silencio y entró al baño, abrió la canilla de agua fría, puso las manos bajo el chorro de agua y se quedó contemplando su imagen. El espejo estaba empotrado en la pared, y sobre él un aplique dorado con dos bombillas de luz cálida intentaba hacer creer que aún no había anochecido. Las arrugas surcaban el rostro de Roberto, sus cejas ya se habían vuelto de color gris y sus dientes estaban separados y amarillentos. Sus ojos avellana, que su esposa siempre le había alabado, estaban oscurecidos por las ojeras y empequeñecidos por la fatiga. En la frente era donde más se notaban las manchas de la edad, junto con la cicatriz blanca que aún conservaba de cuando había aprendido a andar en bicicleta. Pero él contemplaba a su vez la piel lisa de su juventud, de la época en que no necesitaba lentes para leer, en la que ella lo burlaba por lo esbelto que era. De cuando podía mover los muebles para redecorar las veces que ella se lo pedía, cuando podía cargar a su hijo sobre sus hombros en un viaje a pie que se tornaba extenso, cuando el estado del tiempo no le afectaba los huesos. Veía el paso de los años, veía el tiempo transcurrido.

Llevar flores a una tumba nunca fue suficiente consuelo. La sensación de vacío ante un rectángulo de piedra con un nombre grabado le ha hecho preguntarse siempre: "¿Cómo puede esto darle alivio a alguien?". Él no necesitaba ir allí para recordarla, todo en su vida estaba marcado con el aroma de ella. No creía que llorar ante una tumba fuera honesto, sin embargo, iba todos los domingos, le pagaba al jardinero y compraba una rosa roja en el puesto de flores de la entrada. Se acercaba a la lápida y le depositaba un beso con los dedos, luego se sentaba sobre el mármol y hablaba sobre su hijo, le prometía cuidarlo y ayudarlo.

La puerta del baño se abrió hacia adentro y los ojos celestes de Esteban lo miraron a una altura por debajo de picaporte. Ese color tan alegre como el cielo, que no era parte de su herencia sino de quien ya no estaba. ¿La recordaría su nieto de grande cuando se mirara en el espejo? ¿Qué le habría dicho Cristian acerca de dónde estaba su mamá? No se animaba a preguntar. ¿Qué le había dicho él a su hijo en su momento? No lo recordaba.

Roberto pensó en el casamiento de su hijo. No habían hecho ceremonia religiosa, pero sí habían dicho sus votos y colocado los anillos uno al otro frente a todos en la fiesta. Liliana estaba hermosa, con un vestido dorado sin tirantes y la falda corta en la parte de adelante. Ella le había caído bien desde el día en que la conoció, cuando él tuvo un preinfarto estando en la calle y su hijo tuvo que ir corriendo al hospital respondiendo al llamado de los médicos como "contacto de emergencia". Cuando Roberto despertó, se encontró en una camilla con cables conectados a su pecho. En la sala parecía haber otros pacientes y mujeres con ambos bordó iban de un lado a otro.

La enfermera que lo vio despierto le dijo que ya estaba bien, que solo debía quedarse en observación. Él no se convenció de que le dijera la verdad, pero cuando ella le preguntó si quería que hiciera pasar a su hijo, nada más le importó. Él entró y se acercó a la cama con una muchacha del brazo, rubia y de ojos celestes. "¿Cómo se encuentra?", le preguntó, dejando ver sus dientes con aparatos de metal y un tono de profunda preocupación en la voz. Liliana siempre fue muy atenta con él y se resistía a tutearlo. Y, sobre todo, hacía feliz a Cristián. ¿Habría posibilidad de que con el tiempo él se volviera a enamorar? ¿Qué su nieto pudiera consentir que otra mujer lo trate como una madre a un hijo?

Tantas preguntas sin respuestas, tantos pensamientos que resucitaban con ese déjà-vu cruel. El agua caía con fuerza sobre sus manos huesudas, golpeando en la palma y escurriéndose por las falanges de los dedos. La artrosis en su cuerpo lo castigaba, y él sentía que lo merecía, sin importar la lógica de los hechos, la culpa se imponía, la infinita probabilidad de que algo hubiera sido diferente se convertía en un pensamiento permanente.

Allí, en un segundo eterno, en una habitación pequeña, dos corazones latían queriéndose acompasar, refugiándose y dando refugio. Roberto cerró la canilla, se secó las manos con la toalla que colgaba a un costado, sin despegar la vista de los dos puntos celestes que lo miraban. Se sentó en el inodoro y atrajo a su nieto hacia sí, tomándolo de la mano. Esteban se subió a su regazo y se acurrucó contra su pecho. Roberto lo rodeó con los brazos, como si no hubiera nada más importante en el mundo. Para él no lo había, ese era el exacto lugar en el que debía estar.

Pasó sus dedos por el cabello del niño y comenzó a tararear una nana antigua. Las lágrimas y el sonido del llanto comenzaron a fluir por el departamento, arrastrándose por las paredes de colores no uniformes. El susurro del dolor llegó a la cocina y atravesó los sentidos de Cristian que, con los dientes apretados, picaba cebolla.

El hijo de Roberto aferró más el cuchillo con la mano izquierda y apoyó el brazo derecho sobre la alacena color gris. Dejó caer su cabeza hacia delante y con los ojos cerrados respiró profundo, una, dos, tres, a la cuarta ya todo su cuerpo temblaba. Él había evitado hacer preguntas para no remover recuerdos que pudieran ser dolorosos para su padre. Él hacía lo que podía, lo que creía mejor, intentaba hablar con Esteban, pero no había estado dispuesto aún a dejar salir su furia. Pero en ese momento su aguante tocó su límite, el llanto de un hijo podía ser el sonido más hermoso o más desgarrador del mundo.

Se dio vuelta con el cuchillo en la mano, percibiendo sus movimientos en cámara lenta. Extendió el brazo hacia arriba y con todo su ser compenetrado lo arrojó contra el ventanal que daba al balcón provocando que éste estallara en mil pedazos.

Dejar todo atrás

Verónica contempló el cuadro. Era evidente que el marco de madera tallada no le pertenecía a la pintura, pero se complementaban. No distinguió los números en aquella abstracción de colores, "¿o el nombre de la pintura es una metáfora?", pensó. No lo sabía, sabía poco de arte, pero quería aprender. En realidad, ella creía que sabía poco, pero por momentos también había creído que era una tonta. Sin embargo, su humildad tenía otros motivos, detestaba a las personas que se creían más inteligentes, que presumían saber cosas que otros no. Detestaba ser humillada. En otra época se había acostumbrado, pero con el correr del tiempo, y a medida que iba sacando mejores calificaciones, creía merecer más respeto y sabía que dependía de ella imponerlo. Pero era complicado... Prefería pasar desapercibida y aislarse.

Estaba parada en el Museo Nacional de Bellas Artes, con los brazos cruzados a la altura del pecho. La camisa blanca del uniforme permanecía impecable, los recreos para ella eran momentos de lectura en la biblioteca. Había dejado su mochila negra, de tela, en el piso, bajo el cuadro. Durante la semana era un lugar poco concurrido. Miró el reloj en la pared. A esa hora el tránsito era un desastre, los oficinistas apurados por volver a casa tocaban bocina y los peatones gritaban insultos en las esquinas. Dentro del museo no se escuchaban, pero Verónica sabía que eso era lo que ocurría afuera.

Conocía la ciudad, le gustaba caminarla. En ocasiones no entraba al museo, simplemente recorría las calles y tomaba fotografías con su celular a los grafitis y murales. Las chicas de su clase iban al cine, al *Starbucks* y a los shoppings, el Dot era el que estaba de moda. La invitaban, sí, porque había cedido a defender a sus compañeras contra el profesor de turno en ciertas ocasiones, pero nunca concurría. Sabía que para el resto de la clase ella era un enigma: estudiosa, pero sin miedo a hacerle frente a los docentes; conversadora en los trabajos grupales en el aula, pero inexistente fuera del horario escolar.

Nunca había ido a bailar tampoco, aunque sí fumó marihuana en los columpios de una plaza cercana al colegio con un compañero que supo despertar su atención. Él tenía mal genio y despreciaba a todos, pero Verónica se daba cuenta de que en realidad tenía miedo a entablar relaciones afectivas con la gente. Podía decirse que lo comprendía, incluso antes de saber su situación. Gestos que sabía leer sin ser consciente, una mirada de la vida que el resto no tenía y el reflejo de la pena que le era propia en el rostro de otros. Se le aproximó sin darle oportunidad de repelerlo, y podría decirse que fue hasta el día de hoy su único amigo.

Juan Manuel le había contado que se mudaban constantemente porque su madre era una persona inestable y cada vez que se peleaba con el novio de turno, luego de que este le robara el dinero y le diera unos cuantos golpes, necesitaba "cambiar de aire". La historia se repetía, como si ella los buscara con esas características adrede. Tenían catorce años por ese entonces, y fue a la única persona a la que ella le contó toda la verdad acerca de su vida. Había ido solo una vez al departamento de Juan Manuel y habían visto una película que él quiso compartir con ella. El argumento era triste, pero Verónica entendió sin dificultad por qué había querido que la viera. Un anhelo que ella compartía también, una esperanza que ambos sabían que era vana.

Cuando Juan Manuel, de pronto, ya no asistió más al colegio y la preceptora les comentó que se había marchado del colegio porque se iba vivir a Colón, Entre Ríos, a Verónica no le resultó extraño, pero sí le dio pena por él y también por ella. Fueron varios los compañeros que le preguntaron "¿Vos sabes por qué se fue? Como se iban juntos del colegio...", e incluso la profesora de historia la interrogó sobre lo mismo. Pero ella, aunque se oponía por completo a mentir, sabía evitar con gran destreza los temas de los que no debía hablar.

Disfrutaba de estar sola y también de las compañías que no la atosigaban. Prefería guardar su paga mensual para marcharse, una idea que estaba germinando en su mente hacía años. No tenía un destino deseado, solo sabía que cuanto más lejos, mejor. Al Norte el pasaje era más barato. El pueblo en el que consiguiera un empleo, el sitio en el cual pudiera cambiar su identidad. A veces era optimista y sumaba opciones a su lista mental; otras, se regañaba por ilusa. A veces se creía con derecho a elegir; otras, sentía que su deber era quedarse y aguantar. Por momentos quería creer en las mentiras esperanzadoras que oía a diario, quería, pero ya no podía; ya había pasado mucho tiempo, y los cimientos y la estructura no cambian. Se sentía malvada y trataba de esquivar la mirada de su madre para no gritarle, porque después la culpa la hacía temblar en la cama la noche entera.

Pasaban los minutos y las horas, y ella seguía parada en el pasillo noroeste del Museo Nacional de Bellas Artes contemplando la misma pintura. Tenía suerte, en algunos países todos los museos y galerías cobraban entrada. En la Argentina no, así que aprovechaba todos los días para observar hasta el cansancio, con mirada estudiosa, cada obra expuesta. Frente a los trazos en los lienzos, lograba abstraerse y concentrarse solo en la imagen que tenía delante. "Del cero al nueve" estaba grabado en una placa de metal al lado del cuadro frente al que estaba parada. "Quizás esas líneas rojas sean un siete al revés. Quizás los colores sean números", se dijo.

Conjeturaba sobre las técnicas empleadas y los significados de cada elemento dispuesto en la pintura, le gustaba pensar que cada cuadro escondía una metáfora para los ojos de quienes tenían la capacidad de comprender. Le hubiese gustado formarse al respecto, pero sus intentos habían sido inútiles. Los libros sobre arte eran caros y en la biblioteca del colegio no había. Aún recordaba la cara de la bibliotecaria cuando ella preguntó y la mujer le increpó "¿Para qué docente es?" sin levantar la vista del escritorio. Verónica tuvo que admitir que no era para una tarea escolar, entonces la mujer dijo que se fijaría, pero no la mandó a llamar ni más tarde ni al día siguiente. A la semana, ella volvió a preguntar y la respuesta "No creo que haya nada" la indignó. Era evidente que la bibliotecaria ni siquiera había intentado buscar. Se contuvo, le dio las gracias de manera educada y a sus espaldas le tomó una foto en la que se la veía jugando al tetrix con el celular. En ese momento se le había ocurrido circularla por las redes sociales, pero no tenía deseos de ser cruel con las personas, aunque se lo merecieran; si lo confundía con justicia podía incentivarse a hacer algo que debería haber hecho hacía tiempo, pero que solo traería problemas, porque no se puede ayudar a quien no quiere ser ayudado.

En ocasiones, más que nada cuando el día anterior había tenido una discusión fuerte con su madre, iba a la plaza cerca del colegio y se ponía a pensar en Juan Manuel y en la película que había visto la vez que fue a su departamento. La historia mostraba a una mujer buscando la forma de volver a recuperar a su hija que se había abstraído en sí misma, sin hablar incluso, luego de la muerte del padre. *Castillos de naipes* era el nombre, filmada en Estados Unidos en 1993, y había hecho que Verónica anhelara una madre como aquella.

Nunca decía dónde pasaba la tarde y su madre tampoco se interesaba en preguntar, le bastaba con que regresara a la casa antes de que llegara su marido, y que se comportara como es debido durante la cena.

En alguna ocasión había pedido que le compraran unos libros de historia del arte que venían con el diario *La Nación*, pero la respuesta de la madre de Verónica era siempre la misma para cualquier cosa que hubiera que comprarse: “Yo no tengo plata, tenés que preguntarle a tu padre”. Por supuesto que Verónica caminaría descalza sobre el asfalto en pleno enero antes que pedirle algo a Francisco, porque incluso cuando pensaba en él lo llamaba por su nombre.

Había pensado en otras formas para tener acceso a esos libros que ella quería; la Biblioteca Nacional, por ejemplo, era una de esas opciones, pero ir a leer allí significaba pasar menos tiempo en el museo, y aceptaba con sinceridad que no sabía por dónde empezar a estudiar. Sí leía algunas cosas en internet con su celular, más que nada cuando por la noche no podía dormir, googleaba Picasso, Da Vinci o cualquier otro pintor que hubiera escuchado mencionar en su entorno, lo que raramente ocurría, o los nombres que estaban escritos en las placas al lado de los cuadros en los museos. Desde hacía una semana que se pasaba horas frente al cuadro *Del cero al nueve*; ya había leído en internet todo lo que había encontrado sobre el autor, pero seguía siendo algo que ella no lograba descifrar.

El guardia moreno de cabeza rapada se acercó a ella para avisarle que iban a cerrar y que debía marcharse. "Alberto" ponía en su gafete, pero Verónica nunca se atrevió a llamarlo por su nombre a pesar de habérselo encontrado con frecuencia en la puerta del museo cuando entraba y de que siempre era él el que le pedía amablemente que se fuera. Tenía un tatuaje que asomaba en el cuello bajo el uniforme y un pendiente circular en el lóbulo de una de las orejas.

Ciertas veces, Verónica creía que él quería hablarle, invitarla a salir. Lo veía en sus gestos faciales, cómo separaba despacio los labios y los cerraba vacilante, daba un paso más hacia ella para tomar valor, pero para ese momento ella ya había tomado la mochila del piso y pasaba a su lado en dirección a la puerta. A veces quería darle más tiempo, quedarse y escuchar, pero esos segundos de silencio le pesaban. Verónica no creía en cuentos de hadas, pero en ocasiones le gustaba pensar que ese hombre podría ser un caballero de brillante armadura. Cuando pensaba de esta manera, sus ideas se torcían y la invadía la certeza de que las apariencias engañan. Por eso nunca lo llamaba por su nombre, porque tenía miedo. Lo admitía para sí, y mientras cruzaba la puerta de vidrio y bajaba los escalones de la entrada, pensaba en ello. Y pensaba en el cuadro, y solo allí, ya en la calle, habiendo dejado el museo atrás, comparaba los trazos de la pintura con la realidad.

Salir a la Avenida del Libertador era como pasar de un monasterio a un estadio de fútbol. Bocinas, gritos, insultos. Se acercaba a la parada de colectivo que lucía a una modelo con un pelo radiante con la aclaración en letras muy pequeñas de que "la imagen humana fue modificada digitalmente". Formaba fila detrás de una mujer con dos niños de la mano, con jeans azules y zapatillas de tela. Era joven, pero sin duda sabía que no debía dejar que los pequeños estuvieran sueltos en una calle tan transitada. Observaba a los niños, de espaldas a ella, cómo el pelo y la ropa sucia de tierra pedían a gritos una ducha. ¿Pensó ella alguna vez en tener hijos? Claro está que, si los tenía, los defendería, los escucharía y no se dejaría amedrentar por nadie.

Las personas más adelante se movían impacientes, asomando la cabeza a la calle con sus teléfonos en la mano. Verónica también tenía uno de esos, táctil, pero lo usaba poco. Lo llevaba en el bolsillo, en vibrador la mayoría del tiempo, solo por si su padre llegaba a llamarla. Sabía que tenía pocos segundos para atender si ese era el caso. No tenía muchos números agendados, y en llamadas rápidas había decidido poner el 911 y 107, aunque hasta el momento nunca los había marcado. Nunca llevaba a nadie a su casa y prefería estar fuera de ella el mayor tiempo posible. En realidad, deseaba no volver.

El colectivo tardó veinte minutos en llegar, y viajó parada. Un codo ajeno se le clavó en la espalda y ella miró hacia arriba tratando de ignorar el olor a transpiración tan fuerte del hombre con sobrepeso que tenía delante. Intentó, con la mente, seguir observando la pintura, como si estuviera allí en el techo del colectivo. "Qué bueno sería que hubiera obras de arte reproducidas en el colectivo y en las paredes de los edificios, en las paradas y en las veredas. Qué bueno sería que el arte nos invadiera". París, Roma, Cuzco. Soñaba con visitar esas ciudades donde el paso de los siglos no había podido acallar las voces de culturas anteriores. Siete le parecía un número muy pequeño de cosas para admirar en todo el mundo, pero sin duda Chichén Itzá, el Coliseo, el Cristo Redentor, la Gran Muralla, el Machu, Petra y el Taj Mahal valían la pena ser visitados. Con esto no quería decir que la Argentina no era un lugar grandioso para deleitar la vista y los sentidos, sobre todo los paisajes naturales y la cocina autóctona. Pero ella quería irse lejos, lo necesitaba, necesitaba que fuera lejos, era algo que no podía explicar.

Cuando estaba a diez cuadras del Cementerio de Chacarita, el colectivo ya se había vaciado, no lo suficiente para que pudiera sentarse, pero sí para que se apoyara contra la baranda para discapacitados en frente a la puerta central. Una mujer subió casi cuando Verónica debía bajarse. Con piernas largas y esbeltas bajo una falda de jean, llevaba una blusa color salmón que hacía juego con su cabellera roja. "Cuando sea grande tendré el pelo rojo" le había dicho Ceci, su hermana, dos años mayor, mientras jugaban a ser modelos poniéndose los vestidos y zapatos de su madre.

Se bajó en Parque Los Andes, atravesó la reja que lo rodeaba, como si la naturaleza necesitara esa barrera contra la urbanización para dejarle en claro a la gente que aquel espacio era un privilegio, una "atracción" temporal, pero que no debía considerarse como integrada a la vida de ciudad. Se quitó las zapatillas para poder tocar el pasto con los pies, para girar sobre su eje de forma lenta, observando la copa de los árboles y el cielo. Verde y celeste, una infinidad de tonalidades que la naturaleza ofrecía, pero que el cemento de la ciudad se lo iba comiendo. Los parques eran escasos al lado de las torres de hormigón, que avanzaban como una plaga a gran velocidad. Recordaba haber ido una vez al campo, de pequeña. La fascinación por el cielo nocturno seguía intacta en su mente.

Había sido en Concordia, Entre Ríos, para la época de carnaval. En el campo no solo el paisaje era diferente, sino también el aire. Deseaba con ansias volver a respirar fuera de la ciudad, despertar en la noche sintiendo el canto de los grillos y un sinfín de aves al amanecer, y bañarse en el río. Una sola semana de toda su infancia y era casi su único recuerdo feliz, el único que no se había manchado y que le gustaría volver a repetir.

Verónica llegó a su casa a las siete menos diez de la tarde. Entró por el pasillo lateral y en el patio de atrás se frenó frente a la puerta de la casa, giró la llave dos veces y se la guardó en el bolsillo, luego empujó la manija hacia abajo tirando primero hacia el lado de afuera. Solo ella entraba por allí, le resultaba más cómodo que tener que abrir las tres cerraduras de adelante mientras el guardia de la garita de la esquina la observaba. En una ocasión, hacía algunos años, se le había descosido la mochila y, al agacharse a recoger los útiles que se le habían caído, encontró al hombre mirándole los pechos, parado a menos de dos metros.

Entró en silencio, sin anunciarse, pasó por el lavadero y siguió por el pasillo. La puerta de la cocina estaba abierta, como siempre, su madre ya había comenzado a lavar y picar las verduras para la cena. Los jueves comían ravioles con salsa portuguesa, todo tenía que ser casero porque Francisco decía que, como su madre estaba todo el día en la casa, lo mínimo que podía hacer era preparar la comida "como Dios manda". La vio parada frente a la bacha de la mesada, el moretón que tenía en la parte posterior de la pierna izquierda ya estaba pasando del morado al negro, era el más grande que ella le había visto hasta el momento. Un remolino interno la hizo pasar de la lástima a la furia, ambos sentimientos se mezclaban dentro de su cuerpo y sus manos se cerraban en forma de puño con una impotente fuerza que le dejaba marcadas las uñas en las palmas.

Verónica no se detuvo a hablar con su madre, siguió caminando hacia su habitación. No quería volver a discutir. "Deberías ser más comprensiva", le repetía una y otra vez su madre. De solo escucharla decir una de aquellas frases la predisponía muy mal y terminaba gritando y luego sintiéndose culpable. Dentro de ella, la parte racional de su mente la libraba de responsabilidades, pero aun así sabía que su actitud no era un aspecto que aminorara los gritos y las consecuencias. Más de pequeña aceptaba y se sabía escoria, pero su hermana había muerto en un "accidente doméstico", y eso había cambiado su percepción. Unos meses después de aquel hecho había encontrado refugio en una vecina, una anciana de noventa y seis años, con problemas de vista, que le daba unas monedas por leerle sus novelas predilectas, románticas de época que ya por entonces a Verónica le parecían muy inocentes y no podía creer que las personas realmente antes se comportaran de esa manera.

Milagros, así era como se llamaba la mujer, una vez que ella terminaba de leerle el capítulo de ese día, llevaba al living una bandeja con galletas caseras, chocolatada para su invitada y café para ella, al que le agregaba un chorrito de whisky. Pasaban al menos dos horas hablando, le contaba sobre su difunto marido, que tenía en muy buena estima, opinaba sobre las noticias del diario, de las obras públicas que se realizaban y las modificaciones de haberes para los jubilados, alabando solo a veces las prestaciones de P.A.M.I. Cuando veía que Verónica se aburría porque la mujer mencionaba temas incomprensibles para una nena de diez años, los dejaba de lado y le contaba historias de gente que hacía las cosas bien y también de otros que se equivocaban. Milagros había sido maestra de primaria en escuela pública durante cuarenta y ocho años, eso había hecho que conociera todo tipo de familias. Todo tipo de padres. Aunque no sabía con exactitud la situación de Verónica, trataba de que ella pudiera aprender algo de esos relatos.

Entró en su habitación y trabó la puerta. Dejó la mochila del colegio sobre el escritorio de madera y se quitó el uniforme mientras buscaba en el placard la ropa que se pondría luego de bañarse para cenar con sus padres y fingir que había pasado toda la tarde encerrada en la casa estudiando. Allí las paredes eran blancas, al igual que en el resto de la casa. "A menudo lo que parece no es" era una de sus frases predilectas, de esas que escuchas una vez y después la ves cumplirse en cada situación. El blanco sirve para dar la sensación de paz, pureza y bondad, pero es solo una convención. Esas paredes, que reflejaban la luz y hacían parecer los espacios más grandes, fueron un agobio en la época en que Francisco no trabajaba. La escrutaba en las mañanas, sentado junto a la mesa de la cocina, con su piyama a rayas azules en invierno, y en ropa interior en primavera y verano. Siempre mantenía su taza de café en la mano, cerca del rostro, pero sin tomar. "¡Azúcar!", "¡pan!", "¡mermelada!", daba órdenes por puro placer.

Verónica procuraba no hablar y apurarse a desayunar. Intentaba no mirarlo para que no lo tomara como una provocación, y en los meses de más calor le daba vergüenza la falta de pudor de su padre, que se paseaba en calzoncillo por la casa. Su madre, con actitud servil, nunca se atrevió siquiera a sugerirle que tuviera otro comportamiento, solo se daba prisa en cumplir con los pedidos, como si la gravedad de su falta fuera evidente cada vez que una palabra salía de la boca de Francisco.

De pequeña, Verónica veía a su madre como una princesa de cuentos que pasaba horas peinándola y trenzándole el pelo. Que la besaba en la mejilla y le decía que era muy bonita. Su padre era como el dragón que escupe fuego de las historias que la maestra le leía, soñaba que quizás un beso del verdadero amor lo convertiría en un apuesto príncipe. Pero su madre nunca lo besaba delante de ella, así que creía que aún no lo había hecho. Discutían sobre eso, con Ceci. Su hermana la abrazaba cada vez que se escondían en el placard. Ceci le había dicho a su padre que había sido ella la que había derramado la leche sobre el diario, y él había querido enseñarle que no debía desperdiciar comida vertiéndole la leche desde la caja de cartón directamente en su boca, agarrándola del mentón. Ella había intentado zafarse, pero su padre la había empujado contra la pared, aprisionándola con su cuerpo. De pronto Verónica había visto que soltaba a su hermana y que Ceci caía al piso con la mirada fija y la leche chorreando por la comisura de la boca. Aquel fue el hecho que sus padres llamaron "accidente doméstico" cuando sus vecinos fueron a dar las condolencias. Años más tarde, Verónica recordó la botella de coñac vacía sobre la mesa y terminó de comprender lo ocurrido.

Después de ese acontecimiento, había dejado de idealizar. Su madre le daba lástima, pero también la ponía furiosa, por eso intentaba pasar el menor tiempo posible en su casa. Cada 11 de febrero y 4 de abril iba al cementerio. Las cenizas de su hermana y su vecina estaban guardadas allí en un pequeño espacio, en una pared llena de placas. Verónica no compraba flores, sino que escribía cartas, a mano, con su mejor caligrafía. Se sentaba con las piernas cruzadas frente a la pared de nichos, sacaba una taza de metal de la mochila y prendía fuego el papel con una cerilla.

Les contaba lo bueno y lo malo, les confesaba sus deseos de marcharse y el temor a la culpa que llegaría a sentir cuando lo hiciera. Les escribía como si les estuviera hablando, eran las únicas veces que podía expresar lo que en verdad sentía. Les confiaba el arrebato que le agarraba cada vez con más frecuencia de querer buscar a Juan Manuel en las redes sociales, pero que siempre lograba refrenar. No sabía por qué, no entendía esa parte de sus emociones y no tenía a nadie cerca para que pudiera aconsejarla.

Verónica salió de su habitación y se sentó a la mesa del comedor ni bien escuchó la voz de Francisco. Esperó paciente a que su madre sirviera los ravioles y comió en silencio sin quitar la vista del plato, solo respondiendo con monosílabos a las preguntas de su padre. Cuando hubo terminado de comer, aguardó callada mirando de reojo los otros dos platos, y apenas estos estuvieron vacíos, pidió permiso para retirarse "para poder terminar sus tareas del colegio". Dejó la mesa atrás, y los sillones de tela beige y estanterías impecables salieron de su vista ni bien cruzó la arcada del pasillo.

Los ambientes de la casa estaban siempre impecables para las visitas ocasionales del trabajo de Francisco, no como los moretones en el cuerpo de su madre, que aparecían luego de la segunda botella de vino. Ella había tenido algunos también de pequeña. Con el tiempo, prefirió optar por marchase a su habitación y cerrar con llave. Tenía bajo la cama una mochila con su documento, la partida de nacimiento, la plata ahorrada, dos mudas de ropa, un celular con una línea que nadie conocía y la dirección y teléfono de Eugenia y Florencia, dos mujeres que había contactado por internet, una de San Luis y la otra de Jujuy, que le ofrecieron hospedarla en sus casas. Allí guardaba también, dentro de un folio de carpeta para que no se estropeen, las fotos que conserva de su hermana, las que pudo esconder la vez que su padre ordenó tirarlas todas y la receta de las galletitas caseras que comía en lo de Milagros y que su vecina le había copiado en una hoja de bloc verde, con una caligrafía impecable y medidas precisas. Eso sería lo que llevaría con ella cuatro semanas más tarde, cuando el colegio hubiera terminado y tuviera ya la mayoría de edad.

Volviendo al pasado

Concreto era un hombre mayor que había cumplido ya los ochenta; inmigrante italiano que pisó la Argentina a los cuatro años y que nunca recorrió otras calles más que las de Buenos Aires. Vivió una vida que él consideraba tranquila, se casó antes de los treinta y tuvo cinco hijos, al igual que su padre. Quedó viudo a los setenta y dos, y tuvo seis nietos, a quienes no veía a menudo. Seguía haciendo sus caminatas nocturnas, pero la Avenida Corrientes ya no era la de siempre, no la de su juventud.

Hacía dos años que vivía en un departamento de tres ambientes, que había sido de su tío. Pasaba allí los veranos en sus años mozos, junto a su primo apenas un año mayor que él. En el mismo piso, al otro lado del pasillo, una residencia de señoritas los mantenía ocupados. Últimamente Concreto bajaba por esas escaleras, tomándose su tiempo, cuando antes solía hacerlo a la carrera para alcanzar a las jóvenes que descendían en el ascensor de rejas y que reían mientras ellos intentaban convencerlas de ir a tomar un café.

Cuando supo que uno de sus nietos padecía leucemia, no dudó en poner en venta la casa de seis ambientes que en ese entonces ocupaba solo. Fue demolida, y tiempo después un gran edificio ocupó su lugar. Sus hijos quisieron que comprara un departamento con seguridad las veinticuatro horas, a solo cinco cuadras de distancia de su anterior domicilio, pero él ya había averiguado por el tres ambientes que finalmente compró, sin dar lugar a los intentos de disuasión. Incluso su hijo mayor estuvo sin hablarle por dos meses. El argumento en el que se había empeñado Daniel era que el edificio al que Concreto quería mudarse no tenía ascensor, ya que se había quemado hacía tiempo y nunca había sido reparado. Su padre entendía que cuatro pisos por escalera podrían llegar a resultarle un gran inconveniente, pero sentía una necesidad imperante de volver al sitio donde le había dado el primer beso a la que había sido su mujer.

Dos veinteañeros, su primo y él, pasaban las vacaciones en aquel recinto lleno de voces femeninas. Esos recuerdos rejuvenecieron en su mente desde que vivía allí, pero el último mes otras imágenes lo acechaban tanto en el sueño como en la vigilia. Como si aparecieran en una nube sobre su cabeza, en ocasiones se convencía de que las veía frente a él como si se tratase de una película.

Salió del departamento luego de cenar, bajando las escaleras en espiral que rodeaban el ascensor, sujetándose de la baranda y de un paso a la vez, sin apuro alguno. En cada rellano debía tomarse un tiempo para acompasar su pulso. Observaba las puertas de las viviendas todas iguales, pero diferentes: algunas habían sido pintadas sobre la madera, otras exhibían los rayones y desgastes de varias décadas de uso. No conocía a los otros propietarios, sabía que al menos el 2° B estaba desocupado, y cuando llegaba al primer piso, a menudo escuchaba voces de niños gritando.

La baranda de metal negro continuaba siendo fría al tacto, eso no había cambiado. Se sujetó más fuerte para bajar el último tramo. Un gato blanco estaba sentado en una de las esquinas del recibidor de la entrada, lo miraba fijo con sus ojos verdes. Creía habérselo cruzado antes en alguna ocasión, convencido de que era de algún vecino, y no de la calle, por su buen aspecto.

Caminaba por Callao, semidesierta a esa hora, solo con una camisa a cuadros verdes y un pantalón que, ya de solo bajar las escaleras, había transpirado. En la radio comentaban que el calor era más acuciante producto del cambio climático. La radio tampoco era la de antes, pero Concreto la dejaba encendida todo el día, por costumbre. Solo por momentos era consciente de que estaba funcionando y la miraba fijamente como si fuera a amenazarlo para que no la silencie. Él lo atribuía a la edad, a estar perdiendo la audición y, quizás, también la memoria.

Concreto recordaba de su infancia y juventud a las mujeres abanicándose y los hombres jugando a las cartas en los bares a la sombra. En su época la gente se quejaba menos, "teníamos más aguante", se decía, pero nunca en voz alta, porque temía parecerse a esos viejos quejosos que no pueden adaptarse a los nuevos tiempos o, por lo menos, no quería que sus hijos lo vieran así. Hablaba todos los viernes con Norma por *Skype* y veía a sus nietos, Nehuén y Laura, de cinco y tres años, que vivían en España, en una pantalla, sentados sobre el regazo de su madre, con sus juguetes en la mano. No le decía a su hija que no era lo mismo que tenerla sentada frente a él extendiéndole el mate y que los niños corrieran por la casa persiguiéndose. No era lo mismo que poder abrazarlos, enseñarles a andar en bicicleta. A Concreto le quedaban aún muchos anhelos, pero la vida estaba empeñada en hacer de su vejez una etapa solitaria.

Había muchas cosas que Concreto no decía. Al igual que su padre, reservaba sus sentimientos para el lecho matrimonial. Cuestionarse si eso era lo mejor, a esa altura de su vida, no hubiera sido lógico. Solo quería estar a gusto y tranquilo, quería tener más contacto con sus hijos, y había buscado la forma. Sí, debía reconocerse el mérito de aprender a usar una computadora y escribir por *WhatsApp* en una pantalla demasiado pequeña para sus gordos dedos. Le gustaba ver las fotos que sus hijos le enviaban, pero resultaba también agridulce. ¿Por qué le enviaban una fotografía en lugar de invitarlo a la función de teatro del colegio de su nieto? ¿Por qué insistían en no molestarlo? Quizás había sido mal padre, quizás había cometido un error imperdonable, quizás su nuera no estuviera a gusto con su presencia. Quizás hubiera olvidado algún cumpleaños y su familia pensaba que era mejor distanciarse para que no los incordiara cuando empeorara, para que les fuera más fácil encerrarlo en un geriátrico cuando no pudiera cuidar de sí mismo.

Callao a esa hora era silenciosa y compañera en su caminata, los ecos de las esquinas respondían a sus diatribas. Pero en los últimos meses sentía que las ventanas, con sus balcones, con sus enrejados de metal y puertas a dos aguas, lo juzgaban, como si hubiera empezado a enloquecer. Concreto sentía temor y apuraba el paso hasta que llegaba a Corrientes, y allí se paraba a mirar el cielo, que rara vez reflejaba las estrellas.

Para Concreto ya no había diferencia entre los días, ya fuera lunes, jueves o domingo, era la misma rutina. Ser jubilado y viudo hacía que el paso del tiempo sólo se midiera por la albura del sol y la completud de la luna. "Albura" y "completud" ¿Qué palabras eran esas? A veces en sus pensamientos se colaban palabras que creía inexistentes, pero que usaba con un significado específico, y no se permitía dudar de si figuraban en el diccionario o no.

No recibía ya correspondencia, ni los impuestos se emitían en papel, ni tenía que recordar vencimientos, porque no era él quien los pagaba. Si ocasionalmente sonaba el teléfono y tenía que sacar su traje negro del placar y lustrar los zapatos con pomada a la vieja usanza, se tomaba la libertad de llamar a la remisería y pasar por un puesto de flores de camino al velatorio donde niñas y muchachos que él recordaba de hacía tiempo atrás ya eran adultos que se resignaban a la muerte de sus padres. Habían sido seis viajes en remis en los últimos dos años. Uno al Cementerio de Chacarita, cuatro al de Recoleta y el más reciente a un cementerio pequeño y sin grandes estatuas, en el interior de la provincia. Ese último le parecía un lugar más acorde para descansar, más rústico y sin motivo para recibir curiosos. De igual manera, él había pedido que sus cenizas se mezclaran con las de su esposa en el jarrón pintado con cerezos que descansaba junto con sus libros en el estante de madera frente al sillón donde tomaba mate por las mañanas.

Antes no se quejaba de las largas jornadas de trabajo en la fábrica, pero la falta de quehaceres, de obligaciones y la soledad habían logrado agobiarlo más de lo que hubiera podido imaginar tiempo atrás. Daniel había contratado a una mujer para que fuera a limpiar y cocinar todos los lunes. No le habían dado opción de decir que no era necesario. En su heladera, los lunes por la noche había ya *tuppers* con porciones y etiquetas para cada día de la semana, almuerzo y cena, que seguían estrictamente la dieta sugerida por su cardiólogo.

Concreto llevaba consigo un marcapasos y tres *stens*, principios de diabetes y una operación de rodilla. No le parecía tanto para su edad. Pensaba que lo más importante era estar lúcido de la cabeza, cosa por la que estaba comenzando a temer. Tenía en su mesa de luz revistitas de crucigrama, esas cosas que se dice que son para estimular el cerebro. No le había confiado a nadie sus temores, ya bastantes limitaciones le habían impuesto sus hijos.

Para que él no tuviera necesidad de salir, para que no cargara peso, su hijo menor hacía las compras por él y se las llevaba una vez al mes. Vicente era muy reservado y solo hablaba lo imprescindible para preguntarle qué necesitaba. Ordenaba los productos con precisión en la heladera y alacenas, y luego se marchaba con prisa. Concreto procuró ahorrar los ingresos de su pensión por algunos meses y compró en cuotas un televisor de esos modernos de pantalla plana gigante.

Él no la usaba, pero le había sugerido a su hijo que le trajera las compras los días que había partido y que se quedara a verlo. Así Concreto le cebaba mate mientras San Lorenzo jugaba de visitante o local. Cebaba mate y leía a Cortázar, porque nunca le había gustado el fútbol, pero le alegraba que existiera. Se había convertido en la excusa perfecta para tener la compañía de uno de sus hijos por algunas horas.

Vicente siempre había sido tranquilo, retraído y de buenos modales. Cuando era más joven, su madre le decía que la mujer que se casara con él sería muy afortunada, pero él nunca se casó, por lo menos que Concreto supiera. Quizás lo hubiera hecho y no se lo había dicho. Hacía unos meses, en una tarde de semana que había salido a comprar un libro de Borges que había perdido en la mudanza, había visto a su hijo por la ventana de uno de los bares de Corrientes sujetándo la mano a otro hombre. Ambos vestían pantalones negros y camisas de oficina, hablaban mientras se llevaban las tazas de café a la boca con la mano libre.

Ese día Concreto había tardado en reanudar su marcha, y algunos peatones apurados lo empujaban en su caminar y le gritaban que se moviera. Veía a su hijo y al otro muchacho sentados en la pequeña y clásica mesa cuadrada de esos cafés donde en otra época él jugaba a las cartas con un grupo de amigos que ya estaban muertos o seniles. Evitaba pensar en lo que había visto y menos se atrevía a mencionarlo. Quizás a ella sí se lo hubiese comentado, pero ya no estaba.

Había ido hacía unos años a visitar a uno de esos amigos con los que jugaba a las cartas. El asilo, que quedaba en Villa Urquiza, sobre la calle Valdenegro, tenía la pintura de la fachada descascarada, y en el patio delantero las enfermeras fumaban mientras parloteaban a gritos. Sobre esa misma cuadra, sucediéndose uno a otro, había una peluquería, una cerrajería y un kiosco. En ese horario previo al mediodía, los tres dueños de los locales conversaban en la vereda mientras se pasaban el mate. Le pareció un buen barrio, tranquilo y con prevalencia de costumbres de antes, que en el microcentro ya no se veían. Preguntó por Bernardo a través de las rejas verdes, y las enfermeras que fumaban le abrieron y le dieron indicaciones.

Su amigo estaba sentado en un sillón mirando el techo y, por más que le estuvo hablando durante más de una hora sobre sus encuentros de antaño en el bar con los otros "muchachos", Bernardo seguía preguntándole cada diez minutos si era un enfermero nuevo del lugar. Concreto volvió a su casa, porque en esa época aún no la había vendido, y se puso a rezarle a la estatua de la

Virgen de Luján que su mujer había colocado sobre la chimenea cuando compraron la propiedad. Que su cabeza siguiera funcionando, que pudiera valerse por sí mismo hasta el momento de su muerte.

Siempre había tomado el mate amargo, pero, con la vejez, si no le ponía azúcar le producía acidez. Edulcorante, porque el médico solo eso le permitía, con un máximo de diez sobrecitos por día. Así que tuvo que cambiar su costumbre y su pensamiento. Le resultó más fácil y más rápido de lo que hubiese creído. Tomaba el mate en el sillón con el diario sobre las piernas. A veces, mayormente los sábados y domingos, el encargado no dejaba el diario bajo su puerta sino hasta el mediodía. Era un muchacho joven que siempre que se lo encontraba estaba con el teléfono en la mano. Era alto y escuálido, tenía un aro en la nariz y tres en la oreja derecha, contrastaba por completo con el edificio. Sabía arreglar los desagües y los tapones de la luz que saltaban a menudo, pero lo miraba de una forma que a Concreto no le gustaba. Levantaba las cejas y alzaba la comisura de los labios como si se burlara de él.

Al principio, cuando apenas se había mudado, le molestaba la demora del periódico, pero nunca lo mencionó. Luego eso dejó de importarle, no por haberse acostumbrado, sino porque ya no leía el diario. Lo abría y lo ponía sobre sus piernas, pero su mente, lo quisiera él o no, le exigía prestar atención a algo más. Una cosa en la que Concreto no quería pensar: unas imágenes que se le imponían contra su voluntad. Creía que no podía ser real, pero dudaba. Recordaba alguna vez haber leído algo sobre dimensiones paralelas en una revista de ciencia ficción y en *El hombre en el castillo*, de Philip K. Dick, cuyo final ya se le había borrado por completo. Pero recordaba el argumento o creía recordarlo. Los nazis habían ganado la Guerra con una victoria aplastante en 1947, y todos los territorios del mundo fueron repartidos entre las potencias del Eje. Los estadounidenses se adaptaron con rapidez al nuevo código social, temiendo transgredir las normas y perder el honor. Recordaba que el escritor había incorporado en la novela la toma de decisiones mediante el I Ching, una técnica al estilo cara cruz, pero más compleja, proveniente de la cultura china. Concreto había leído en su momento un artículo en el periódico sobre el autor y dicha novela, justamente lo que lo había llevado a comprar el libro.

Caminaba por Corrientes y comenzaba a conjeturar sobre las imágenes que se le imponían mientras tomaba mate. Imágenes ajenas, pero que lo estremecían como si fueran recuerdos propios. Alguien, quizás su abuelo, le había contado historias de la Guerra cuando era pequeño, o quizás no. Las certezas se iban disipando. "¿He perdido la chaveta?", se preguntaba, y no se animaba a darse una respuesta. Concreto veía, como si soñara despierto, el avance de los hombres con uniforme por entre las casas, cargando con sus fusiles a la espalda. Por momentos no sabía dónde se hallaba realmente, si en el campo de batalla o en el incómodo sillón bordó que había heredado de su padre.

Solía acariciar los brazos del sillón con un gesto inconsciente. La superficie de tela estaba rasgada de la época en que tenía un gato, cuando su esposa aún vivía. Chatrán se paseaba todos los domingos por la cornisa del patio de atrás, donde almorzaban con sus hijos cuando iban de visita. Su esposa ponía un plato con leche en el piso al lado de la puerta de su taller de carpintería. Ella creía que Concreto no se daba cuenta. El día que recibieron el llamado del médico con la funesta noticia, él fue hasta el fondo con el plato con leche y esperó paciente a que el gato bajara a tomar.

Lo agarró por la panza sujetándolo entre los brazos, el animal no hizo ningún esfuerzo por zafarse, muy por el contrario, colocó su pequeña cabeza sobre el pecho de Concreto, con el hocico hacia arriba. Él le acarició el cuello y caminó con cuidado hacia el interior de la casa, como si llevara algo sumamente preciado. Subió la escalera de uno en uno observando los peldaños de cerámica color crema, entró en su habitación y colocó a Chatrán con suavidad en la cama matrimonial al lado de su mujer, que se había quedado dormida a fuerza de no compadecerse. El animal se acurrucó junto a ella, pero sus ojos verdes permanecieron clavados en él.

Corrientes, a pesar de que la noche ya se había impuesto, seguía despierta. No era el único en recorrer sus cuadras y, en ausencia del tránsito, se podía escuchar los tangos de Gardel vibrando en los altavoces que las disquerías dejaban encendidos para los paseantes nocturnos. Pensó en Lolita Torres, en cómo su mujer lo convencía para ir al cine a ver sus películas en blanco y negro. *Pimienta* aún seguía presente en él, la recordaba en su papel de doctora junto con Luis Sandrini. Una comedia de esas que quizás te transmiten un mensaje si estás predispuesto a escucharlo. La borrachera final del protagonista le parecía ahora que ya había perdido a su esposa, una escena muy bien lograda. Pero esos recuerdos, por más alegres o tristes que con intensidad recorrían su cuerpo, no lograban borrar las imágenes de la sangre chorreando sobre los uniformes de los soldados o la sed que le quemaba la garganta como si su realidad fuera aquella, la del campo de batalla.

Concreto vio algo moverse entre las ruinas de las casas, algo que avanzaba en su dirección, era pequeño y quizá de color negro bajo el polvo de los escombros. Se le notaban los huesos pegados a la piel y tenía un ojo ensangrentado. Aquel gato no pasaría la noche, pensó con pesar.

Caminaba por Corrientes y veía con claridad el fusil apuntando hacia él y la bala salir disparada en cámara lenta atravesando la distancia hasta su posición. Fatigado, Concreto se sentó en un sillón marrón que había en una esquina, entre medio de las estatuas en homenaje a Alberto Olmedo y Javier Portales que lo miraban sonrientes con sus trajes pulcros y corbatas rayadas. Puso una mano sobre su pecho y contempló las ruinas de las casas detonadas por los explosivos arrojados desde el aire días atrás, mientras la bala se acercaba milímetro a milímetro a él.

La gente aún caminaba por Corrientes, algunos autos aún transitaban por el asfalto. Pero esa noche Concreto permanecería allí, hasta que con el amanecer alguien recogiera su cuerpo, quizás en la calle Corrientes, quizás al otro lado del mar entre los restos de una batalla atroz. Más de ocho décadas de una vida en Buenos Aires quizás eran sólo el delirio de los últimos segundos de conciencia ante el impacto inminente de una bala al otro lado del Atlántico.

Empezar a vivir

En marzo, cuando el calor ya no es tan agobiante, la Plaza General San Martín, en el barrio Retiro, en pleno centro porteño, es recorrida por turistas y oficinistas. Algunos aprovechan el resguardo de los árboles para almorzar, y los de las nuevas generaciones se toman *selfies* que suben a Instagram. Pero también están allí quienes desconocen esa necesidad de reflejarse en una pantalla.

Sentados en un banco cuatro amigos, "compadritos", de traje a rayas y sombrero de ala con una cinta de otro color, con zapatos blancos y negros, miraban un mundo que les era ajeno. No comentaban, no señalaban, estaban sentados con sus ropas distantes y pensaban en volver a sus casas, donde las madres estaban jugando a la canasta con otras doñas, para luego preparar la cena con el delantal de flores.

Sofía los observaba apoyada contra las barandas de material, junto a un farol alto pintado de verde de esos que antes alumbraban todas las plazas de la ciudad, pero que tiempo después fueron reemplazados y solo permanecen en sitios como aquel. Había guardado ya su celular en la cartera y comía de su bolsa de tutucas como del balde de pochoclos en el cine. Los miraba sin avergonzarse, sin que le pareciera grosero, porque parecía que no estaban allí, y era evidente que a ellos el resto de las personas les eran indiferentes.

Le remitían a las letras de tangos que escuchaba en el viejo tocadiscos del cuartito sobre la terraza cuando su padre hablaba por teléfono de asuntos importantes y no la quería cerca. Pensaba en el poema *Los compadritos muertos*, de Borges, y se le antojaban peligrosos, y su interés se incrementaba. O en el *Tango compadrito*, de Miguel Bucino. "Vestido como dandy, peinao a la gomina y dueño de una mina más linda que una flor", cantaba en voz alta, volviendo en su mente el tiempo atrás. "Bailás en la milonga con aire de importancia, luciendo la elegancia y haciendo exhibición".

A ella le gustaban los espacios verdes, y más se sentía atraída hacia esa plaza porque, con sus monumentos al General San Martín y a los Caídos en Malvinas, le parecía un lugar simbólico, de relevancia. Las hojas de los árboles, con sus distintos tonos, envolvían tanto a Sofía como a los "compadritos". Las venas de clorofila se iban desdibujando, y los límites parecían desaparecer al unirse con la siguiente pincelada verde. Las flores de las magnolias agregaban diferentes intensidades de rosa. Las hojas de los sauces y tilos, tan opuestas en forma, también se fusionaban, conservando su particularidad. Los robles parecían demorarse en la fusión porque, además de ser valientes, eran sensatos, y la independencia era uno de sus pilares.

De igual manera, Sofía vio perder los límites de los árboles, que se atrevían a entrar en la bruma que se componía allí. Si lo estuviera viendo en una pantalla, le parecería un muy buen trabajo de digitalización, pero no lo era, porque ella estaba allí, inmersa en la escena. Quizás era una alucinación, aunque la sentía real, no solo la vista le indicaba el cambio, todo su cuerpo lo percibía. El cielo dejaba de estar allí y, como si fueran nubes que se aunaban, el verde se fue deslizando alrededor de ella.

Los bancos permanecían en su sitio, pero el gris del cemento daba paso al verde sin una línea divisoria precisa. Los "compadritos" no se asombraban, Sofía lo notó, pero lo creyó un espejismo, como creía a esos hombres. Hombres de una época anterior a su nacimiento, una época que había visto en blanco y negro en fotos amarillentas que no recordaba dónde habían quedado guardadas.

Cuando tenía doce años, su abuelo, al que no veía a menudo, murió de un paro respiratorio. Su padre no le permitió ir al velatorio, pero como compensación, dos semanas más tarde su madre le pidió que la acompañara a la casa donde había vivido su abuelo los últimos años, para empacar sus cosas y donarlas a caridad. Les llevó al menos una hora en auto llegar al lugar, un sábado por la mañana. Ella viajaba en el lugar del acompañante con el cinturón de seguridad abrochado y mirando por la ventana mientras avanzaban por la Avenida Corrientes y luego por la 9 de Julio, las únicas dos calles que reconoció. Luego de varias cuadras apenas transitadas, su madre estacionó el auto frente a un kiosco y, para su sorpresa, ofreció comprarle una golosina, a su elección.

Sofía caminó de la mano de su madre comiendo las pastillas de azúcar de colores que había elegido, mientras observaba asombrada el piso de adoquines y las casas de colores en nada similares a las que hubiera podido ver alguna vez. Mientras caminaba su madre le contó que el barrio se llamaba La Boca y que las casas eran de diferentes colores porque allí habían vivido décadas atrás los trabajadores del puerto, cuando aún el comercio con el exterior tenía sede allí, y usaban para pintar sus paredes los sobrantes de las pinturas de los barcos.

Entró en el conventillo en el que había vivido su abuelo, con cierto temor a lo desconocido. Recordaba que había sido una de las ocasiones en que mejor se había comportado, había sido obediente y hecho muchas preguntas una vez que se dio cuenta de que su madre estaba dispuesta a responderlas. Allí encontró sus mayores tesoros: fotografías en blanco y negro, un libro de poemas de Borges, y algunos vinilos, cosas que le habían permitido conservar en una caja de zapatos bajo su cama. Con el correr de los años, luego de su adolescencia y su mudanza a un departamento sola, no recordaba dónde habían quedado esos objetos que en aquel momento le fueron valiosos y reveladores.

Varias veces a la semana iba y venía por la ciudad, viajando en subte y colectivos para hacer diligencias. Pero no recorría todas las calles de Buenos Aires, no había vuelto a caminar por aquel empedrado con casas de colores. Reconocía, allí sentada en la plaza entre esa bruma verde con los cuatro hombres de traje frente a ella, que había dejado olvidadas cosas importantes. Sofía se veía a sí misma como un peón más de la era del consumo y de lo efímero. Pero tenía algunos momentos de lucidez, como aquel. Sí, allí en la plaza, viendo a esos hombres que quizás y solo quizás fueran un espejismo, se sentía más real y consciente de su persona que lo que lo estaba en su rutina diaria.

Porque incluso ir a los *afters* los viernes luego de la oficina o quedar a cenar con su novio en un restaurante o bar de Palermo eran también rutinas que se le imponían. *Para ser feliz, debés salir con amigos y tener un novio para casarte antes de los treinta. Estudiar para tener una profesión, y mientras tanto un trabajo que te permita pagar los tragos. Decir sí a toda propuesta y vestir a la moda, siempre preocupándote por las cremas y el maquillaje. Debés pensar que hacés lo que querés, aunque no sea así.*

En la Plaza General San Martín, los colores seguían mezclándose como si estuviera en un limbo cambiante. Pensó en la idea del "limbo", en el significado del diccionario y el metafórico. Pensó en el modo de vida mecánico y automatizado de la posmodernidad. Sentía que ella estaba en ese espacio intermedio, sin saber hacia dónde se dirigía, solamente estando mientras tanto.

Los "compadritos" la miraban, pero sin reparar en ella, criatura extraña que indecentemente mostraba los hombros y estaba sentada con las piernas abiertas, inapropiado para una mujer. Quizás alguno de ellos se atrevería a pensarla como una arrabalera. Sabía que no podía aspirar siquiera a que la equipararan, ni en la suela de los zapatos, a Tita Merello. ¿Cuántas veces había visto ya esa película? De pequeña, con su madre, en el canal Volver, y en los últimos años, cada vez que lo deseaba, gracias a la magia de internet. Si Sofía tenía un modelo de conducta deseado, sin duda era ella. Una de las primeras cantantes femeninas de tango, una mujer que supo abrirse paso en un mundo de hombres, y pobre el que hubiese querido imponerle su voluntad. Se la imaginaba así, tan opuesta a como se veía a sí misma. Inferior, insignificante, débil de carácter. Quizás en otra época hubiera podido ser diferente.

Si ella pudiera visitar esas décadas que le eran ajenas, conocería entonces los secretos del tango y se acercaría quizás al cine, que en tonos grises mostraba una naturalidad más real que los mil colores de la digitalización.

Los "compadritos" miraban sin mirar, con la noción de que estaban fuera de la vigilia, ya que no podía sino ser así en ese contexto de locos. Locos como el hombre de la esquina que hablaba sin que hubiera nadie cerca, y sosteniendo algo al lado de su rostro, o la muchacha de vestido violeta que movía la cabeza de un lado al otro con unos cables saliéndole de las orejas. En la conciencia del sueño los hombres mantenían la calma.

El entorno de la gente que pasaba también se iba diluyendo, manchas rojas, azules, negras, manchas que antes supieron ser remeras, jeans y trajes de oficina. Sofía pensaba en lo efímero de lo material, en cómo las formas y colores juegan a su antojo con nuestros ojos. Cómo la percepción engaña al hombre, que se cree tan superior; cómo la definición de "lo imprescindible", "necesario" y "cómodo" ha ido mutando; en cómo tener el teléfono de última generación o la pantalla de sesenta pulgadas puede dar la sensación de que quienes consumen son esos objetos, a nosotros. En todo eso pensaba Sofía una y otra vez cada noche en su cama: en ocasiones se prometía cambiar su vida, otras veces se reprochaba su inconformismo, otras, simplemente sentía un dolor agudo en el estómago y se hacía un ovillo hasta quedarse dormida.

En la Plaza General San Martín ya todo era una paleta de colores sin formas definidas, salvo Sofía y los cuatro hombres a los que observaba. Pronto estos se pusieron de pie y se marcharon. Ella se paró a su vez y los siguió con la vista cuanto le fue posible. Los árboles, las personas y la plaza misma fueron recuperando su forma delineada, y los colores volvieron a encasillarse en los límites. Ella observó con extrañeza la vuelta a la "normalidad", giró su cuerpo despacio intentando comprender su entorno. Los edificios volvían a hacerse presentes más altos que las copas de los árboles, y el sonido del tránsito conseguía opacar el piar de los pájaros. Tenía la sensación de que habían sonado ya las tres campanadas que anunciaban que el hechizo llegaba a su fin.

Sofía volvió a observar el banco, vacío en ese momento, mientras intentaba recordar qué había pasado con la foto de su abuelo que había quedado perdida en el olvido. ¿Dónde estaría su caja de zapatos, su caja de tesoros? ¿Qué hubiera ella podido aprender de él si le hubieran permitido verlo más a menudo, si la hubieran llevado de visita a ese otro mundo de empedrados y casas de colores?

Comenzó a caminar movida por un impulso involuntario. Se sintió atraída hacia la calle Florida, con sus baldosas blancas y negras de pequeños cuadraditos, que guardaba en la altura la arquitectura de antes, los balcones con barandas de rejas y puertas altas a dos aguas. Dio cada paso abstraída en esos recovecos que gritaban para que una época no fuera olvidada. Hacía caso omiso a los vendedores ambulantes, a las vidrieras con ropa de marca y a los grandes letreros en tres dimensiones, a los hombres parados a la sombra ofreciendo imágenes de un *show* que comenzaría más tarde, a las mozas vestidas de negro con la cartilla en la mano intentando detener transeúntes, a las voces disonantes que gritaban “Cambio, cambio”.

Sofía caminaba deleitándose con la música que salía de los altavoces de las tiendas de discos. “El mundo fue y será una porquería, ya lo sé…”. Su mente desechaba todo el resto ya conocido, para poder abrir los ojos ante este mundo nuevo y antiguo que se le presentaba delante e iba cobrando más fuerza en su cuerpo a cada paso que daba.

Tarareaba el ritmo con una sonrisa en el rostro, le faltaba poco para ponerse a bailar ahí mismo. Ya había pasado su hora de almuerzo, pero había olvidado que debía volver. En ese momento, todos los “debo” habían desaparecido de su haber.

“Primero hay que saber sufrir, después amar, después partir...”. Tarareaba y cantaba las letras conocidas, no pensaba en nada, su mente solo estaba en ese momento y en ese lugar, en un estado de paz que es la esencia de la libertad. Una esencia que contiene las infinitas posibilidades de lo que no nos es impuesto. Algo que recién en ese día, en esas horas, en ese instante Sofía estaba empezando a comprender.

Llegó a la esquina de Florida y Avenida Córdoba, allí un hombre de traje marrón y una mujer en extremo esbelta de vestido bordó con un tajo casi hasta el muslo bailaban un tema que Sofía reconoció. *Por una cabeza*, de Carlos Gardel. Lo había visto en YouTube por primera vez a los diecisiete años por azar. En ese entonces solo le interesaba ir a los shoppings con sus amigas, qué usaría para salir a bailar y conseguir que el chico del aula vecina en el colegio se fijara en ella.

Allí en la calle, la gente alrededor de la pareja que bailaba era poca, los transeúntes pasaban indiferentes, apenas torciendo el rostro. Sofía tenía la vista fija en los zapatos de baile color rojo con taco aguja de al menos cinco centímetros, que se lucían al compás del tango. Los miraba en internet a menudo, todos tenían la parte del talón cubierta y una o más cintas rodeando el tobillo, para un buen agarre. Tenía pendiente desde los veinte años comprarse un par.

El tema llegó a su fin, y la pareja tomó distancia e inclinó el torso para recibir unos aplausos desperdigados. La bailarina tomó el sombrero de su pareja y comenzó a recoger la propina, mientras el tanguero bebía agua de una botella y secaba su rostro con una toalla. El *mp4* siguió reproduciendo y comenzó a sonar *Se dice de mí*: "Se dice que soy fiera, que camino a lo malevo...". Sofía, que ya no era la misma que había ido a almorzar a la sombra de los árboles en la Plaza General San Martín, se adelantó y tomó al hombre en posición de baile y, luego de unos segundos de estupefacción por parte del caballero, comenzaron a arrastrar sus pies por la acera, en actitud desafiante. Ella era consciente de las miradas que se posaban en sus movimientos. Más gente de la que había habido antes se paraba a ver a esa mujer común y corriente que había elegido de improvisto que el tango y la calle eran su lugar.

Un viaje lleno de geometría

Faltaban siete minutos para el cambio de siglo cuando Elías atravesó la puerta de vidrio que daba a la terraza del hospital público de Ramos Mejía. Miró a su alrededor mientras sacaba el paquete de cigarrillos del bolsillo y se llevaba uno a la boca. En una mesa improvisada y banquetas bajas, una familia de seis personas compartía una modesta cena de fin de año. El hombre mayor con pijama a lunares azul parecía ausente y requería la ayuda de la mujer de cercana edad para comer. La pareja parecía al menos diez años más grandes que él, pero eso no lo consolaba, veía ya próxima su hora final, a pesar de sus sesenta y cuatro años.

El enfermo era en extremo flaco, calvo y con lentes "culo de botella", lo opuesto al que debía ser su yerno o hijo. La mujer joven de pelo rubio ondulado, que no debía pasar los cuarenta, se aseguraba de no quitarles los ojos de encima a las dos niñas que jugaban a girar sobre su mismo eje hasta caer en el piso, riendo. Llevaban vestidos iguales, blancos con una cinta rosa en la cintura y otra en el pelo, sujetando una trenza que empezaba desde arriba y de las que ya varios mechones se habían liberado.

Elías se dirigió a la esquina opuesta de la terraza y apoyó su cuerpo sobre la pared de cemento mientras encendía el cigarrillo sujetándolo con los labios.

Delante de sus ojos, las casas y edificios de Buenos Aires se extendían más allá de donde le alcanzaba la vista, pero a su vez otra imagen atravesaba su mente. Sabía que el ascensor estaba descendiendo hasta el subsuelo, él se había parado junto a la puerta mientras la camilla con el cuerpo de Saúl pasaba a su lado tapado con una sábana blanca por completo.

Las voces de las niñas llegaban hasta sus oídos, le parecían similares a las de los recuerdos de su infancia, solo que no sabía si estos eran reales o meras invenciones de añoranza. De pronto el cielo se inundó con las luces de colores que buscaban borrar los restos del año anterior, con puntos rojos flameantes que surgían de entre las construcciones y se elevaban recorriendo el cielo, impulsados por el soplo del viento.

Elías recibió el nuevo siglo con el cigarrillo entre los dedos y un eterno agradecimiento entre los labios. La soledad lo encontró allí, en lo alto del hospital, en recuerdos que acudieron sin ser llamados: al frío de estar escondido en la bodega de un barco para cruzar el océano a los ocho años, con el consuelo de estar junto a Saúl, un vecino nueve años mayor que de alguna manera había conseguido sacarlo de la celda donde unos militares con una cinta roja en el brazo con un círculo blanco y una esvástica en negro lo habían encerrado.

Una hora más tarde una enfermera petiza vestida con un ambo celeste se acercó a la familia para decirles, con total amabilidad, que el paciente debía volver a su habitación. Nadie se acercó a Elías para decirle que el tiempo con su ser querido había acabado. Quizás no se le habían aproximado por respeto a su duelo, pero él se sentía invisible, con los músculos entumecidos y la garganta seca, muy diferente a la sensación de angustia de cuando vio a los soldados dispararle a su padre a quemarropa por negarse a saludar como era debido; con el brazo derecho extendido hacia delante y en diagonal hacia arriba. Casi que prefería aquella desesperación, al menos tenía alguien a quien culpar.

Elías llegó a su departamento en Vicente López a las cinco de la mañana, impasible ante la efervescencia de la juventud que festejaba, abstraído en aquel encierro de dieciséis días que latían en sus venas como un tiempo mucho más extenso. Los libros seguían inertes en las estanterías, ajenos a un cambio que era solo una convención. Salió al balcón tras levantar la persiana de madera y abrir la puerta corrediza de vidrio. Volvió a sacar el paquete de cigarrillos y a fumar apoyado contra la baranda de metal. Por el miedo irracional de que descubrieran de dónde venía y lo regresaran al calabozo, es que nunca tuvo pareja y solo "amigos" por cortos períodos de tiempo.

Le gustaba hacer deporte, sentir que expulsaba de su cuerpo un peso que lo acompañaba, según creía él, de siempre. Se inscribía en un club y entablaba conversación con hombres de su edad con facilidad, pero cuando sentía que se le aproximaban demasiado, que querían saber cosas personales de él, que preguntaban por su familia o su país de origen, entonces daba de baja su membresía y buscaba otro. El Círculo Trovador, en Avenida Del Libertador; el San Fernando, cerca del Tigre; el del Río de la Plata, en Villa Urquiza, y el Argentino Juniors, en Villa Ortúzar. Eso era cuando el cuerpo aún se lo permitía, pero al contar con más de medio siglo a cuestas, el único modo de ejercitarse que su médico le permitía era salir a caminar una o quizás hasta dos veces por día. Iba hasta la Quinta de Olivos y regresaba desdeñando al tiempo que transcurría, porque su físico ya no era el de antes.

Pagaba por los servicios a su cuerpo siempre con el resguardo de la oscuridad. Allí en la calle Maipú, a dos cuadras de Puente Saavedra, había una puerta de las de antes, negra, alta, de metal, que daba a un pasillo con unas habitaciones precarias. El lugar era viejo, con un estilo de conventillo, pero nadie le hacía preguntas que Elías no quería responder, las chicas hacían su trabajo y no tocaban donde él les decía que no lo hicieran. No era un sitio muy aseado, y las mujeres no tenían atributos de modelos, pero él se conformaba, así como ellas no lo veían en la oscuridad, él tampoco, y podía imaginar.

Elías apagó el cigarrillo en un cenicero que había sobre la mesa frente al sillón. El reloj de números romanos y marco circular de madera indicaba las cinco y media. Era sábado y el silencio comenzaba a ganarle terreno a las celebraciones.

Fue hacia la cocina y puso la cafetera sobre la hornalla encendida. Era de esas de antes, que se le pone el café molido en una rendija que va arriba de un espacio con agua y se le enrosca la parte superior que tiene forma de jarra, el agua hierve y sube por una hendidura, luego de pasar por los pequeños granos. Quedaba fuerte, con aroma intenso, de esa forma le gustaba tomarlo, en una taza de vidrio marrón. Era una de las pocas cosas en las que era caprichoso. Detestaba tomarlo de otro modo, así que se lo llevaba al trabajo en un termo de acero inoxidable de medio litro y reemplazaba la taza de vidrio por algún vaso del mismo material que hubiera en la sala de profesores.

Esperó a que el café estuviera listo mientras untaba unas tostadas con mermelada de durazno y observaba el amanecer a través de la ventana. Una vez que tuvo la taza servida en la mano, se sentó en el sillón y observó con desinterés la tapa del diario que había quedado allí del día anterior, del 31 de diciembre de 1999: "Numerosos turistas recibirán el nuevo siglo entre los glaciares", "El presidente De la Rúa solicitó comprensión por la suba de impuestos", "Por primera vez en España un juez ha reconocido el uso terapéutico del hachís". Elías veía las letras mecanografiadas sobre el papel del periódico, pero su mente estaba ausente. Era plenamente consciente de que el cuerpo de Saúl descansaba dentro de un cajón metálico refrigerado, solo al abrigo de una sábana blanca, en un subsuelo habitado por otros en su mismo estado.

Sabía que no llevaba una vida normal. Aunque no lo pareciera para quienes se lo cruzaban en la calle, Elías se sentía acorralado. Explicar las mismas fórmulas matemáticas a alumnos recién ingresantes era solo mera rutina. Envidiaba a todas las personas "normales", a los niños que jugaban en las plazas, a las mujeres que parloteaban sin parar mientras caminaban en manada, al bebé que lloraba en el colectivo y los brazos que lo sostenían, a todas las personas que no tenían encerrado en el fondo de su ser un pasado como el suyo.

Saúl siempre era optimista y se había adaptado bien a estas tierras que los habían recibido hacía tiempo. Se había casado con una mujer diez años mayor que él, que había conocido en un cabaret, y se había divorciado a los ocho meses porque ella prefería quedarse en la casa los fines de semanas y él se aburría. Su amigo había viajado al Norte, visitando Entre Ríos, Corrientes y Misiones. Mucho antes de casarse, al terminar los estudios que había iniciado al instalarse en el país, arrojó todas sus hojas de apuntes desde uno de los puentes sobre General Paz, se colocó una mochila sobre los hombros y regresó cuatro meses después con el relato alucinante de su escalada al cerro Uritorco, en Córdoba, y de haber pasado la noche allí. Había vivido y disfrutado. A él, Elías, le costaba más.

La vida en la Argentina nunca le había parecido tan calma como daba la sensación al escuchar a Saúl contar sus historias. Pasaron varios años hasta que pudo salir a la calle, sin militares armados en cada esquina. Su salvador y tutor por fuerza no les tenía miedo, él sí. El tiempo pasó, épocas oscuras quedaron atrás, pero para Elías seguían estando allí apostados esos hombres ¿malos? ¿crueles? ¿Existiría un adjetivo que fuera suficiente?

Usaba camisas de manga larga incluso en verano, porque en sus brazos aún veía las marcas de los pinchazos, aún se veía a sí mismo en la camilla inmovilizado mientras un hombre de bata blanca con gorro verde e insignia roja inyectaba fuego puro en sus venas. A veces, cuando se miraba en el espejo por la mañana mientras se afeitaba, cuestionaba la veracidad de esos recuerdos de tan corta edad, pero coincidían a la perfección con lo que Saúl le había contado "para que no olvides quién sos". Sin embargo, Elías no pudo más que tener miedo por esa identidad que nunca profesó luego de sus ocho años.

Pero el nuevo siglo era su última oportunidad. Más de dos meses faltaban para estar al frente de al menos tres docenas de alumnos, que luego se irían reduciendo a lo largo del cuatrimestre, en una de las aulas del subsuelo del tercer pabellón de Ciudad Universitaria. Admiraba aquel predio, por su imponencia y el pasto brillando al sol del verano, la vista del cielo y las copas de los árboles desde los ventanales de la biblioteca en el pabellón dos. Solo por la majestuosidad del predio era que había rechazado su jubilación, y por ese entonces aún pensaba seguir allí hasta que lo obligaran a marcharse.

Elías pasó los primeros días del año en aquel paraíso, sentado sobre el pasto mirando desde abajo las grandes ventanas de vidrio de la biblioteca, en aquel cuadrado de cemento que se erguía imponente en un sinfín de fórmulas y números que soportaban su peso. Tenía esa costumbre de pasar las mañanas de verano allí, atraído por el predio sin un motivo lógico, solo la sensación que le transmitía. Una nueva visión surgió con él, en ese verano en que la última conexión con su pasado había muerto. Una visión numérica que flotaba en colores sobre las columnas de cemento, los escalones externos, las hojas de los árboles y hasta la botella de agua que tenía en la mano.

A partir de entonces, el mundo, para Elías, se convirtió en una composición de números y fórmulas, con matices y sombreados. Todas las cosas, desde la complejidad de un puente o la desestimada composición de un cepillo de dientes, le revelaban su esencia secreta.

El 20 de febrero un símbolo numérico llamó su atención mucho más de lo que se había convertido en habitual. Se había bajado del 28 en General Paz y caminado por Maipú hacia el lado de San Isidro por la mano izquierda. Había hecho ya tres cuadras cuando cruzó la calle Alsina y se frenó en la esquina. Allí, en la vidriera de una librería artística, un lienzo en blanco lo cautivó. Veía sobre él el infinito, esa forma de ocho acostado con un color tornasolado, con todos los tonos y números contenidos en un solo símbolo. Se quedó inmovilizado contemplando aquel elemento de la recta real extendida que se contrapone a las dos líneas del valor absoluto. Elías aún no le había dado uso a su aguinaldo, y esa fue la ocasión.

Llegó a su departamento con tres lienzos bajo el brazo y una bolsa con diez pomos de acrílicos de diferentes colores, pinceles de siete tamaños y una curiosidad latente en su ser. No sabía de técnicas ni de colorimetría, solo seguía la lógica de las fórmulas matemáticas. Fracciones, porcentuales, sumatorias, todo podía representarse en trazos de colores.

Pronto descubrió que no solo los lienzos en blanco contenían el símbolo del infinito, sino que también las paredes de su departamento y las baldosas que rodeaban la plaza a dos cuadras, los discos de vinilo que ya no usaba y la pila de azulejos rotos. No se consideraba un artista, mucho menos un pintor, sus registros no eran obras valuables, sino meras transposiciones del mundo real. Sentía que le había sido concedido un don, una mirada especial para entender lo que lo rodeaba. Irónico para él, que nunca supo descifrar ni su propia identidad.

¿Alguien podría acaso descifrar en estas pinturas "abstractas" las claves numéricas que él reproducía fielmente? ¿Acaso la pintura es solo otra forma de representar números que los artistas saben y el resto de los mortales ignoran? En su registro frenético de las fórmulas escondidas en cada objeto, Elías olvidó que debía presentarse a los exámenes finales de marzo para los alumnos que aún lo tenían pendiente del año anterior.

A principios de abril, guardó sus pertenencias básicas en una mochila gigante para calzar en su espalda, la que había utilizado Saúl cuando viajó a Córdoba, y en un bolso de mano negro, que en algún momento de su juventud supo usar para guardar su ropa de deporte sudada tras las prácticas de básquet profesional pero que luego de la rotura de los ligamentos de su rodilla izquierda debió abandonar.

En esa época no era tan temeroso de relacionarse con la gente como tiempo después, tenía una meta que lo impulsaba y había cristalizado sus fantasmas de la infancia para poder lograrlo, pero su cuerpo lo traicionó. A los veintiséis años tuvo que buscar una nueva carrera y una nueva vivienda, porque Saúl iba a casarse. Se mudó de Ramos Mejía a Vicente López, consiguió un trabajo de vendedor de boletos en la estación de tren Aristóbulo del Valle y comenzó a cursar el profesorado a unas pocas cuadras de allí. Fue entonces cuando comenzó a visitar los clubes y gimnasios, huyendo cada vez que la gente con la que entablaba amistad se interesaba por su pasado y por su acento extranjero que no conseguía anular del todo. Sin la compañía de Saúl en su vida diaria, sus temores se habían incrementado y había vuelto a tener pesadillas, al igual que de pequeño.

El bolso de básquet, tras varias décadas de estar guardado en el fondo del placar, con esos pantaloncitos que nunca volvió a usar, iba cargado de pinceles y acrílicos, crayones de cera y cuadernos de hojas lisas, todo cuanto necesitaba para registrar el mundo. Cuando llegó a la Argentina en 1945, llegó sin nada: fotos, libros, cuerpos, todo había sido quemado. Su sangre había sido denigrada y humillada, y el miedo le había calado hondo. ¿Cuánto debía vivir un hombre para olvidar? ¿para perdonar? ¿Sería posible recomenzar? Si luego de seis décadas no podía dejar el pasado atrás y sentirse libre, nunca lo conseguiría, tenía la convicción de que ese era su momento.

El tren le era un misterio, no veía su fórmula matemática por más que lo observara, y ese era el motivo por el cual no pudo pensar en iniciar su viaje de otro modo. En Retiro el tiempo se mostraba difuso, la edad del lugar contrastaba con la vestimenta de la gente que iba y venía por los andenes. Elías no anhelaba las épocas anteriores, prefería las posibilidades de combinaciones futuras. Subió con su bolso de básquet en la mano y se sentó junto a una de las ventanas en el tercer vagón. Esperó con calma a que el tren se pusiera en marcha, abstraído en los pequeños recuerdos alegres que le quedaban de su infancia al otro lado del Atlántico, aquellos de los que no podía tener certeza de su veracidad: la imagen de estar cargando a su hermana recién nacida en los brazos, su padre felicitándolo por algo que había hecho, su madre leyéndole sentada a los pies de su cama por la noche. ¿Qué era lo que le leía? ¿Poemas? Le vino a la mente el nombre de Rilke. ¿*Sonetos a Orfeo*, quizás? No podía ver el rostro de su madre ni recordar a qué olía su pelo, pero su voz estaba grabada en él.

Una vez que el tren comenzó su traqueteo, que la ciudad fue quedando atrás, entonces Elías sacó su cuaderno de hojas lisas recicladas y su caja de crayones de cera, y se centró en registrar como aparentes manchas de colores las fórmulas de los campos y paisajes que veía por la ventana. Su nueva visión viajaría con él a recorrer el mundo, dejando atrás el pasado y obsequiándole una nueva forma de vivir.

Mitología de origen

Ignacio estaba sentado en el sillón forrado en tela roja, con pilas de libros rodeándolo, y sobre la mesita china con dragones grabados en dorado. La mitología griega lo obsesionaba desde el secundario, pero fue mutando, lo que lo mantenía en vela con el correr de los años eran las mitologías literarias, no las que la humanidad fue creando a lo largo de los siglos, sino esas que una sola persona daba vida sentada en un escritorio. ¿Cómo lo hacían? ¿Y si esa era la realidad? ¿Si la Tierra Media era en verdad nuestra historia antigua? ¿Serían los Ainur los creadores del mundo e Ilúvatar nuestro padre supremo?

A sus cuarenta y tres años, luego de un divorcio que él no quería, los libros se convirtieron en su obsesión aún más que antes. Pasaba las horas leyendo y releyendo, empecinado en encontrarle lógica. ¿Cómo un solo hombre podía crear una mitología equivalente a lo que a pueblos enteros les habría llevado siglos? La magia actuaba sobre él, y el poder lo consumía.

Era, en algún sentido, un consuelo: su enfermedad no le permitía salir a la calle más que lo imprescindible. El diagnóstico le fue dado un año luego del divorcio. El estrés empeoraba el estado de este tipo de pacientes, y ese año Ignacio la pasó mal. Mal con la sensación de no ser suficiente para ella, con la angustia de verla armar sus valijas y embalar sus pertenencias sin lograr disuadirla.

La separación trajo cambios, sí, como tener que vender la casa en la que habían vivido durante ocho años y buscar un piso para él solo, pero el derrumbe total fue cuando los síntomas de su enfermedad se le impusieron. Tuvo que dejar su trabajo y comenzar a cobrar la pensión por discapacidad. Luego de un sinfín de trámites y presentar documentación sobre todo lo referente a él y sus padres, una junta médica le acreditó el setenta y seis por ciento de discapacidad, necesaria para acceder a las prestaciones que constan dentro de los derechos humanos.

Desde ese entonces, Ignacio vivió solo, en un departamento con ascensor, sobre la calle Quesada, en Villa Urquiza. Tenía un supermercado chino en la vereda de enfrente, la farmacia a dos cuadras y la remisería a cuatro. Nunca salía más que para comprar lo necesario y asistir a los turnos con su médico en el Hospital Pirovano.

Artritis psoriásica, ese era el diagnóstico. Por el dolor y la inflamación en las articulaciones le costaba un gran esfuerzo caminar, no le hubiera sido posible viajar en medios de transporte públicos al trabajo todos los días ida y vuelta. Además, como consecuencia, también sufría de diabetes y problemas cardíacos, por lo que eran muchos los remedios que debía tomar. La dieta era un factor importante, pero él la había olvidado a conciencia y se mostraba indiferente a los regaños de su médico por su sobrepeso, que continuaba incrementándose.

Cuando bajaba al supermercado compraba pan, jamón, salame, queso, hamburguesas, *Oreos*, dulce de leche, café, *Coca-Cola*, paquetes de *Lays* y tres o cuatro chocolates del mostrador cuando pagaba. Luego le daba una propina al empleado del local para que se lo subiera a su departamento y le dejara las bolsas sobre la mesada. Él se justificaba, diciéndose a sí mismo que al menos no fumaba ni bebía, que su aumento de peso era debido a la enfermedad y no a su alimentación.

La notebook también estaba sobre la mesita china, encendida y conectada a la corriente las veinticuatro horas: Ignacio la usaba como la gente antes usaba las enciclopedias. A pesar de ese uso tan banal, y que podía parecer de poca relevancia, él se alteraba sobre manera con los cortes de luz. No le importaba tanto que el ascensor no funcionara, simplemente en esos casos no salía y almorzaba algunas galletitas que hubiera en la alacena. Decir "almorzar" es, en su caso, una convención, porque él no respetaba ninguno de los horarios habituales para la comida. Es más, ni siquiera miraba el reloj, solo se guiaba por la sensación de hambre o la ansiedad de masticar. A veces deseaba algo dulce, como el alfajor torta *Águila* con relleno de merengue y dulce de leche recubierto de chocolate, o algo salado, como las papas fritas *Lays* de quinientos gramos.

Pero en su computadora guardaba las fotos con su ex esposa, que, aunque nunca las miraba, necesitaba saber que podía abrir la carpeta de archivos y contemplarlas. Por eso perdía el control y llamaba por teléfono a Edenor cada media hora e insultaba a los empleados. No poder ver sus fotos era como perder sus recuerdos juntos. Era la impotencia en su interior tocando el límite. Era resignarse a que nunca había tenido nada. Necesitaba rescatarlo, saber que había vivido momentos felices, para poder estar tranquilo y enfrascarse en sus investigaciones sobre el verdadero origen del mundo.

Hacía ya más de nueve años que había asistido al funeral de sus padres. Un día, cuando él era chico, apareció una mujer diciendo que su padre tenía otro nombre y otro apellido, que era su nieto desaparecido. A Ignacio, que siempre prefirió los libros a la bicicleta y los videojuegos, esa irrupción a la vida de su familia no hizo más que incrementar su obsesión por el origen de las cosas. Recordaba, siempre lo tenía bien presente, la imagen de su padre invitando a la mujer a marcharse y las posteriores citaciones de un juez. "No se nos permite vivir en una mentira, ni aunque sea por elección", había rezongado su padre, furioso, al regresar a la casa con el traje gris con el que había salido esa mañana con la carta documento de citación en la mano. Ignacio había estado todo ese tiempo leyendo su libro de *El Eternauta* y se había asombrado ante la actitud de su padre, quien jamás antes había renegado de la justicia. Vio a su madre salir con prisa de la cocina, ni bien se escuchó la cerradura de la puerta de entrada abrirse, y acercarse a su marido, limpiándose las manos en el delantal de lunares verde, preguntándole que le habían dicho en el juzgado.

¿Cómo podía entonces él, Ignacio, ignorar la posibilidad de que la historia misma de la humanidad fuera mentira y que el mundo haya disfrazado de literatura lo ocurrido en las Edades Antiguas? Fue justamente eso lo que ocurrió en su familia. Tuvo que esperar a ser más grande para comprender la frustración y negación de su padre.

Su departamento era un monoambiente con cocina eléctrica y aire acondicionado. Los muebles eran escasos: tenía una cama de una plaza, estanterías para sus libros, que siempre estaban por doquier, un escritorio de esos encastrables que había comprado en *Easy*, la mesita china y el sillón. Este último lo había logrado rescatar del divorcio, ya que había sido de un tío suyo por parte de su madre, con el que pasó más de un verano de su infancia en Mar del Plata. Lejos en el tiempo quedó esa parte de su vida, lejos como si no le hubiera ocurrido a él, como si lo hubiera leído en un libro, como si fuera literatura. Es que cada vez le parecía más difusa la diferencia entre una historia escrita y una vivida, le parecía como si solo cambiaba el formato sobre el cual quedaba grabada.

Entre los libros y cuadernos de notas, unas hojas A4 impresas destacaban. Fragmentos resaltados y comentarios al margen, con lapiceras de diferentes colores, dejaban ver a las claras que ese texto, *Conferencia sobre los cuentos de hadas*, había sido leído y analizado muchas veces.

Ignacio creía ver guiños del escritor sobre la verdadera naturaleza de sus libros que intentan, y él se convencía cada vez más de eso, recuperar la memoria antigua del mundo que quedó olvidada tras la partida de la magia.

"A menudo (no sé si con verdad o mentira) se afirma que las hadas fraguan espejismos, que con su fantasía engañan a los hombres, pero ese es un tema bien distinto que solo a ellas atañe", estaba marcado con resaltador celeste, con doble subrayado en el paréntesis y tres signos de exclamación al margen del renglón.

"Es harto evidente que los cuentos de hadas (en su sentido más lato o en el más reducido) son en verdad muy antiguos. Versiones muy primitivas ya presentan puntos comunes; y allí donde se da el lenguaje, allí sin excepción se los encuentra", se veía subrayado con lapicera roja, y al margen había escrito en letra imprenta "nota 1", la cual había plasmado en su cuaderno de apuntes. Esa en particular ocupaba seis carillas de hojas rayadas y contenía sus analogías entre los cuentos de hadas clásicos, como los de los hermanos Grimm, las fábulas antiguas de un libro de tapa dura marrón que le había regalado su tío a los doce años, y los de la *Quenta Silmarillion*. Analogías que él era el único que lograba distinguir. No estaba seguro de si tenía un don o los resultados eran sólo producto de su trabajo arduo, si había perdido la cordura o si aquello era en verdad importante, sólo sabía que era lo único que podía hacer, y por eso debía hacerlo. "Lo que en verdad sucede es que el inventor de cuentos demuestra ser un atinado subcreador. Construye un Mundo Secundario en el que tu mente puede entrar. Dentro de él, lo que se relata es verdad: está en consonancia con las leyes de ese mundo. Creés en él, pues, mientras estás, por así decirlo, dentro de él".

Pero el convencimiento de Ignacio estaba más que nada en el epílogo, donde había marcado oraciones como: "La casualidad específica del 'gozo' en una buena fantasía puede así explicarse como un súbito destello de verdad o realidad subyacente" "... un eco del *evangelium* del mundo real". Las palabras "verdad", "realidad" y "mundo real" rebotaban en su mente. "Para un genio del lenguaje cada palabra ocupa un lugar preciso", pensó y lo anotó en sus cuadernos.

Luego de que cayera el sol, Ignacio recostó su cuerpo en su cama de una plaza y se quedó dormido al instante solo para entrar en Valinor y contemplar a esos seres que con su canto fueron capaces de crear el mundo. Durante la vigilia había releído los manuales escolares de historia y otros tantos que nunca devolvió a la biblioteca, y buscó las equivalencias, porque estaba convencido de que Poseidón no era otro que Ulmo, Señor de las Aguas, así como las referencias a Perséfone eran en realidad menciones de Yavanna. En su enciclopedia *Larousse* de mitología aparecía el origen del mundo egipcio como "un grito tan alto que hizo estallar el silencio del cosmos". Ignacio había anotado "origen = sonido" al margen, y en su cuaderno de notas lo relacionó con la música de los Ainur e Ilúvatar. En Grecia, Zeus era considerado el Dios Supremo y también era llamado Padre al igual que como se denomina a Ilúvatar en los relatos de los *elfos*. No solo en una, sino en varias culturas se han registrado profecías del fin del mundo, y de eso también nos cuentan los relatos élficos, que fue anunciado al mismo tiempo que la creación. Y así como se habla de una morada de los Dioses en el Olimpo, los Ainur también tenían su sitio anterior a la Tierra. La mitología china habla del Yin y el Yang, opuestos complementarios, elementos también presentes en la Gran Música que crearon los Ainur e Ilúvatar.

¿Por qué les cambiaron los nombres y les inventaron otras historias? ¿Por qué los hombres olvidaron los sucesos de las Edades Antiguas? ¿Por qué hoy queremos creer a la magia como una mera invención? ¿Por qué no creer que pudo haber habido en otra época enanos, *hobbits* y *ents*? "Porque sería un anhelo que no podríamos tolerar, porque ya pasó su tiempo y se marcharon, dejándonos en este mundo desprovisto de magia". Esos eran los razonamientos a los que llegaba Ignacio y que anotaba en su libreta con más de un signo de exclamación al final. Sabía que nadie lo creería, pero era por él mismo que necesitaba descubrir la verdad de los orígenes del mundo.

Ignacio no sabría nunca que después de su muerte, Samuel, el adolescente del piso de arriba de su departamento, tomaría sus cuadernos de notas con los que se toparía en el rellano de la escalera un día en que el ascensor no andaría. Ni que convertiría todos los apuntes encontrados en un blog en conjunto con sus propios dibujos en lápiz, con sombreados y de un realismo sorprendente, de *ents, hobbits, elfos* y más, que llegaría a ser popular entre los fanáticos tolkienianos. No sabría de la admiración que despertaría por su trabajo en Sam y muchos otros de varias generaciones, no podría leer la dedicatoria bajo el título del blog que lo honraría: “Este blog contiene las notas de Ignacio Rodríguez, que demuestran que la literatura no es solo una invención”.

Transitando la ruta

En una de las pizzerías de Santa Teresita, sobre la calle 2, que aún estaba cerrada como peatonal aunque la temporada había finalizado tres días atrás, una familia comía en una de las mesas cuadradas de plástico y metal sobre la vereda. Los amparaba del viento los plásticos transparentes colocados a los laterales. Comían en silencio, con la calma de las vacaciones y el deseo de no tener que volver.

El auto esperaba paciente estacionado sobre la Costanera con los bártulos en el baúl: las valijas con ropa, la notebook dentro de una mochila negra en un protector rojo acolchado, los zapatos en un bolso de mano y las sábanas para lavar, que pertenecían a la casa de dos ambientes que un abuelo había comprado hacía tiempo. Esperaba allí donde los puestos de la feria de artesanos estaban siendo desarmados, luego de haber estado en funcionamiento durante dos meses, de seis de la tarde a una de la mañana, sin importar fines de semana ni feriados, solo cancelándose ante la lluvia. Allí, por donde pasaba la gente que aún no se había marchado, caminando para sacarse una foto con el celular frente al barco icónico de Santa Teresita: de madera, tablas negras y vigas externas rojas que resaltaban a la vista, era una réplica de la Carabela Santa María que dentro albergaba un restaurante. Erguida sobre una loma de pasto cortado prolijo y con la estatua de Cristóbal Colón adelante. Ubicada en la Costanera, entre las calles 39 y 40, era el sitio donde Cristian y Norma habían cenado la última noche de sus primeras vacaciones juntos.

Nueve años después preferían cenar en una pizzería en la peatonal. Cristian llamó al camarero que los estaba atendiendo, un pelirrojo con muchas pecas en la cara, tan flaco que parecía escuálido, con los huesos que cruzan el cuello a la vista. Pidió la cuenta, y su mujer agregó que les envolviera para llevar la media pizza de cebolla que había quedado. Una vez que dejaron el restaurante, Lionel, de seis años, caminaba tomado de la mano de su padre mirando a su alrededor, sabiendo que era el adiós. Ambos esperaron durante unos minutos mientras Norma entraba a una de las librerías y volvía con uno de los libros de Jayne Ann Castle Krentz, escritora de novelas románticas que publicaba bajo siete seudónimos diferentes, dependiendo de las características del libro. Romances de época, contemporáneos, futuristas, mezclados con cuestiones paranormales, la esposa de Cristian tenía alrededor de cincuenta de los setenta y cinco libros de la autora que están traducidos al español, y tres en idioma original, aunque no tuviese nivel suficiente de inglés como para poder leerlos. Estaban guardados a la vista en el living de su casa en Vicente López, en una estantería caoba de dos metros que su suegro les había construido como regalo de bodas y que ella esperaba que llegara a albergar en algún momento futuro las más de ciento cuarenta novelas de Jayne.

Cuando llegaron a la Costanera, el nene se soltó de la mano que lo sujetaba y corrió hacia uno de los miradores de madera que daba a la playa. Habían sido construidos hacía cinco años atrás, y ya faltaban varios tablones en el piso, y la madera comenzaba a pudrirse por no haberse vuelto a barnizar. Las obras públicas en la costa bonaerense se hacían pero no se mantenían, y eso era algo que indignaba a Norma: aseguraba, cada año, que le escribiría un mail de reclamo al intendente De Jesús, pero siempre lo olvidaba al volver a la ciudad. Ver ese lugar que se sentía propio descuidado dolía más que la incomodidad de las veredas rotas y la mugre en las calles con las que convivía la mayor parte del año. Pero ese rinconcito apartado, olvidado fuera de temporada, daba la sensación de pertenencia imposible en el caos de Capital Federal y aledaños.

Los tres contemplaron el mar y se tomaron las últimas *selfies*. Mientras la pareja se besaba al amparo del susurro de las olas, el nene se acercó a un perro que dormía acurrucado en un rincón, se agachó frente a él y se quedó mirándolo. Sabía que no debía tocar a los perros en la calle y también que no podían tener uno porque su madre era alérgica, pero siempre se quedaba embelesado cada vez que se cruzaba con alguno. Lionel giró el rostro hacia sus padres y, al comprobar que no lo miraban, extendió despacio con cierto temor la mano hacia el animal de pelaje blanco con manchas negras, resbaló y quedó sentado en el piso con las piernas abiertas al asustarse cuando el perro levantó la cabeza y abrió grande la boca sacando la lengua afuera y desperezándose. El nene continuaba en el piso, inmóvil, cuando su padre lo tomó por debajo de las axilas y lo levantó por el aire hasta sentarlo sobre sus hombros.

Llegaron al auto. Norma se aseguró de que Lionel tuviera el cinturón de seguridad bien colocado y que le ajustara lo suficiente. Cristian se colocó los lentes, trabó las puertas, sacó el freno de mano y encendió el motor. La calle que daba a la ruta estaba algo más concurrida que el resto del pueblo; en la rotonda tuvieron un auto adelante que desconocía la zanja poco visible. El *Fiat Palio Weekend* gris de ellos bajó la velocidad hasta casi frenar y pasó por la cuneta con suavidad, sin que ninguno puteara como debieron de hacer los integrantes del vehículo que estaba delante.

En la salida a la ruta había un auto de policía apostado a uno de los lados, pero ningún oficial a la vista. Para ellos también ya había terminado la temporada. Cristian se incorporó con precaución y subió la velocidad rápidamente. Faltarían cuatro o cinco horas para que pudiera acostarse a dormir antes de que sonara el despertador a las ocho para volver a la rutina: vestirse a las apuradas; salir sin desayunar, ni leer el diario; viajar parado en el subte línea D hasta Tribunales mientras adolescentes y niños pasaban entre la gente intentando vender tarjetitas con frases o lapiceras; sentarse en su escritorio y que el jefe preguntara por los informes, olvidándose del "Buenos días"; la taza de café que lo mirara entre los papeles advirtiéndole que estaba perdiendo el calor y que cuando consiguiese cumplir con “lo urgente”, ya estaría frío.

Lionel estaba concentrado en el jueguito del celular de su madre, uno en el que tenía que deslizar el dedo sobre la pantalla cortando a la mitad las frutas que iban apareciendo. Al día siguiente empezaría la primaria, dos días más tarde que cuando abrían las puertas los colegios. Para viajar más tranquilos, sin el caos de tránsito y el peligro de los que se mandan por la banquina y en contramano cuando la fila está parada o avanza de a momentos a menos de cuarenta, pensaban sus padres.

Era hijo único y el menor de todos los primos, que vivían en España. Solo los veía por las llamadas que su madre hacía mediante la computadora. Pero en su último cumpleaños, hacía cuatro meses, Norma no había llamado, Lionel le había preguntado por sus primos y la respuesta fue “Olvídalos”. El nene se la quedó mirando, pero ella no lo notó, tomó su agenda de la mesada, mandó a su marido a comprar una torta a la panadería y se metió en su oficina a hablar por teléfono, mientras sus dedos golpeaban el teclado con prisa. Cristian sentó a su hijo sobre los hombros, y ambos fueron a cumplir con el encargo.

En la panadería, Cristian dejó que su hijo eligiera la torta de las exhibidas en uno de los escaparates refrigerados: no era sorpresa que fuera una de chocolate parecida a las chocotortas la que el nene eligió. Y, como de costumbre, cuando el empleado del local preguntó el nombre del niño, se abrió el debate de si ese era el mejor jugador del mundo o “el Diego” seguía siendo el número uno. El hombre que los había atendido tenía tres décadas más que Cristian, y su versión de lo que era un buen futbolista difería de la de éste. Se mencionaron fechas y partidos, equipos y otros futbolistas. El niño estaba ajeno a la discusión mirando hacia afuera a través de los vidrios. Un cocker estaba atado a uno de los postes de luz y miraba hacia dentro con los ojos marrones bien abiertos, sentado tranquilo sobre sus patas traseras. Giraba el rostro y levantaba las orejas cada vez que, en la calle, alguien tocaba la bocina.

En la ruta la noche cubría el cielo como la capa de puntos brillantes que los niños usan para las fiestas de disfraces para interpretar a magos omnipotentes con varitas, como los de los dibujos animados. La luna se veía extraña, no como una medialuna de las que Cristian compraba los domingos para comer con el mate, ni la forma semicircular del tatuaje que Norma tenía en la nuca escondido tras su pelo lacio, pero que cuando volvía del trabajo cada noche se recogía en un rodete. La luna se veía cortada a la mitad en una línea recta semitransparente, casi como si no estuviera. Lionel solo prestaba atención a la pantalla que tenía en las manos, a las frutas que iban apareciendo, intentando cortarlas antes de que desaparecieran por el borde inferior del móvil. En los parlantes del auto se escuchaban los mismos temas que en cada viaje, el disco *Magos, espadas y rosas*, que tenía nueve canciones, que duraba cincuenta minutos y luego volvía a comenzar durante las cuatro horas y media que duraba el trayecto. Cristian cantaba de memoria, incluso adelantándose a la letra.

"Siento el calor de toda tu piel... En mi cuerpo otra vez... Estrella fugaz, enciende mi sed... Misteriosa mujer..."

Lionel también cantaba a veces, pronunciaba las palabras sin darse cuenta siquiera de que lo hacía y sin comprender el significado, pero le gustaban los videos de las canciones que su padre ponía en YouTube mientras preparaba la cena cuando su esposa aún no había llegado. Los cantantes vestían raro y tenían el pelo largo que parecía que no se hubieran lavado; en algunos videos tocaban los instrumentos en escenarios, en otros, que eran los que a Lionel más le gustaban, aparecían en bosques con ropas aún más extrañas, como si estuvieran en un mundo mágico.

En los viajes, a Norma nunca se la escuchaba hablar más que para pedir que frenaran para ir al baño; siempre cebaba mate y les daba galletitas de miel a su marido en la boca y a su hijo, si aún estaba despierto. Ella nunca dormía, contemplaba la noche que se extendía hasta la inmensidad y la hacía sentir solo un punto ínfimo del universo, pero miraba a su marido y se sentía segura y agradecida. Viajar de día era cuanto menos inusual, el sol no podía competir con la magnitud de calma que transmitía la noche.

Lionel empezaría primer grado y su madre repasaba en su mente sus labores a realizar cuando estacionaran el auto en el garaje de su casa. Un incomprensible impulso le impedía acostarse a dormir hasta que ya no quedaran rastros de que habían vuelto de las vacaciones en las horas precedentes. La ropa, por fuerza, debía esperar su turno de lavado dividida en tandas por color, que formaban pilones en el piso de la cocina. Norma tenía un reloj interno que la despertaba cada dos horas para colgar lo ya lavado y colocar la siguiente tanda en el lavarropas.

Por más que cada una de las tres personas en el auto estuviera enfrascada en sus propios pensamientos, aunque uno solo cantara y las palabras fueran casi inexistentes entre ellos, había algo que los unía. Dentro del vehículo se sentía un ambiente familiar, una conexión, respeto por el espacio propio, quizás, pero compartido, como cuando en su casa de la costa estaban los tres sentados en el patio: Cristian escuchando los debates de política por la radio, Lionel coloreando su libro de *Cars* sobre la mesa de madera que días atrás había ayudado a su padre a barnizar, y Norma recostada en la hamaca paraguaya a rayas blancas y celestes leyendo una de sus novelas, mientras el mate pasaba de una mano a la otra.

Cristian bajó la velocidad al pasar por la entrada de Las Toninas y volvió a acelerar ni bien los carteles le otorgaron permiso. Norma observó atenta el medidor de velocidad, y su marido notó la presión de esa mirada. El tema que sonaba en los parlantes casi llegaba a su fin.

"¡Uh! Debo saber si en verdad... En algún lado estás... Voy a buscar una señal, una canción..."

Se repetía el estribillo cambiando solo la última línea, entonado con la urgencia de la necesidad, con el dolor plasmado en la voz acompañada por los acordes que presagian una esperanza que quizás no será. Una de las tantas letras, pensó Cristian, de esta banda donde el significado se lo da uno en relación con la sensación que le despierta. Pero al ser un clásico, existen muchas interpretaciones y quienes se creen con el saber para aclarar lo que el compositor quiso decir.

"¡Uh! Debo saber si en verdad... En algún lado estás... Solo el amor que tú me das me ayudará..."

—¡Cristian! —Las pupilas de Norma se dilataron presa del pánico. La incredulidad de su suerte se hizo presente en ella, se aferró a la manija de la puerta con todos los dedos sin que sus yemas llegaran a tocar su palma y rezó, para sus adentros, repitiendo el padre nuestro memorizado en su infancia para que Dios protegiera a su hijo. Un atisbo de sonrisa se plantó en su rostro cuando la inminencia de su muerte se le hizo presente, su vida entera no pasó por su mente en un segundo como en las películas, sólo la convicción de "lo hice lo mejor que pude" se plantó allí.

—¡Mierda! —Cristian puteó y maniobró lo mejor que pudo hacia la banquina, bajando la velocidad, sin olvidarse los cambios e intentando hacer los cálculos de distancia correctos: si mordía la tierra demasiado rápido, volcarían; si se estampaban de frente, también. ¿El caballo estaba quieto o se movía? ¿Cuántos metros habría por delante entre ambos? Se suele decir que de ese tipo de accidentes no se zafa, pero él no tenía ningún conocido que tuviera a alguien siquiera que le hubiera pasado. Chocaría, era inevitable, pero no era su culpa. Ni su tío, pensó, que había manejado dos kilómetros luego de que las gomas delanteras reventaran y quedaran en llanta, ni él zafaría de esta.

Lionel levantó el rostro, de pronto, al escuchar las voces alteradas de sus padres superpuestas. Tuvo solo un segundo, o quizás menos, para ver el lomo marrón frente al auto y sentir el impacto. El teléfono se le resbaló de las manos, y su cuerpo quedó aprisionado contra el asiento gracias al cinturón de seguridad que le cruzaba el pecho. La banda del arnés bien apretada sobre los huesos de su cadera y sus costillas lo mantuvo inmóvil en el momento del choque y los instantes posteriores. El estruendo anuló la música de forma tan abrupta como el impacto. Los sonidos eran muchos y a la vez ninguno, así como el tiempo también parecía haberse anulado. La brisa fresca del exterior se coló con rapidez por entre los vidrios rotos, pero el auto no se detuvo. La sensación de derrape hacia el lado del carril opuesto atravesando la ruta en un semicírculo era a las claras la de estar librado a la suerte. El exterior se convirtió solo en una mancha móvil indistinguible en esos segundos. La retina normal de un nene de seis años no podía distinguir las imágenes con claridad. El vehículo se detuvo al estancarse las ruedas delanteras en una zanja, con el pasto salvaje asomando por la altura de las ventanas que en la parte de atrás no habían llegado a romperse, aunque los vidrios triturados de adelante estaban diseminados por todo el asiento trasero y sobre la ropa de Lionel.

La oscuridad se apoderó del interior del auto, apenas el destello azul de la pantalla de un teléfono asomaba por debajo del asiento del conductor, sobre la alfombra de plástico y entre los fragmentos rotos.

—¿Mamá?

Solo esa débil voz se escuchaba dentro del auto. La ruta estaba, ya a esa hora, poco concurrida, y las chicharras proclamaban su dominio a gritos.

—¿Papá?

Lionel tenía las manos sobre sus rodillas y apretaba con la fuerza de sus pequeños dedos la tela del pantalón de jean. No se atrevía a moverse. El frío del exterior lo estremecía y los dientes le castañeaban de la desesperación contenida. Si sobrevivía, si un ángel de la guarda lo rescataba, la oscuridad y el silencio se convertirían en su peor tormento, incluso en la vida adulta. Lo que entraba a través de los vidrios rotos era más que una brisa. El cielo se iba nublando a gran velocidad y la baja de temperatura anunciaba la tormenta. Un trueno a lo lejos hizo que se mordiera el labio inferior, que comenzara a respirar agitado, que las lágrimas que esperaban pacientes comenzaran a desprenderse con cada parpadeo, que recorrieran sus mejillas hasta la comisura de sus labios con ese gusto salado, el más amargo que podía existir.

La luz de una linterna se acercaba desde atrás, palabras gritadas al aire que Lionel no comprendía. El nene cerró los ojos cuando el brillo amarillo atravesó el vidrio de la ventana de su lado. Temblaba, con los ojos rojos y el pecho latiéndole más rápido de lo habitual.

—Hola... ¿estás bien?

Lionel abrió los ojos: un rostro estaba muy próximo a él y escuchó el *clac* del cinturón de seguridad al desabrocharse. La mujer lo inspeccionaba, le pasó un pañuelo sobre la ropa sacudiéndole los fragmentos de vidrio y le acarició las manos, que tenían pequeños cortes que apenas habían sangrado.

Laura se sacó la campera negra, su preferida, y con paciencia se la puso al nene como si vistiera a una muñeca. Recordó aquella de pelo rizado negro que había pertenecido a su madre, que de pequeña le había metido el ojo para dentro al disputársela con su hermana. La delicadeza que empleó se parecía a cómo había tratado a la muñeca desde entonces. La imagen, la sensación de semejanza apareció sin que ella la buscara.

Sujetó al pequeño lo mejor que pudo y lo sacó del auto con todo el cuidado que fue capaz, apoyándolo contra su pecho. Una vez fuera no pudo evitar volver a dirigir la vista hacia los asientos delanteros, pero se contuvo de alumbrar con la linterna para que el pequeño no viera. Lo acomodó mejor contra su cuerpo y comenzó a caminar, llevándolo hacia la banquina a donde había dejado con las balizas puestas su *Volkwagen Gol* de tres puertas. No era la primera vez que sentía cariño por su auto, que había soportado que fundiera el motor en su primer viaje en la ruta por olvidar colocar la tapa del depósito de agua, que solía estar cubierto de arena tanto por fuera como por dentro, que tenía más de un choque porque a Laura no le importaba lo material y había dejado que su hermana menor lo condujera para practicar antes de sacar el registro.

Ella, que cruzaba la ruta en cada oportunidad para contemplar el mar desde el bar del muelle cada tarde mientras se enfrascaba en la lectura de sus autores favoritos: Patrick Rothfuss, Juan Carlos Martini, Michel Crespy, Tolkien, Chistopher Paolini. Ella, que hacía cuatro años había perdido un embarazo a los siete meses de gestación, y cuando había llamado a Rubén desde el hospital había descubierto que su novio ya estaba casado y tenía tres hijos, al escuchar una voz de mujer que contestó el teléfono de él y dijo: "Se está bañando, soy su esposa. ¿Quién lo busca?". Ella, que desde entonces se había proclamado su primera prioridad. Que lloraba cuando quería, sin reprimirse, y no reía por obligación, que se marchaba a mitad de la fiesta sin culpa solo porque lo deseaba, sin importarle que le dijeran "anti", "amargada" o "anciana". Ella, que había renunciado al mandato familiar de estudiar abogacía. Que viajaba por el país con su blog a cuestas, que visitaba los pequeños pueblos que no merecían mencionarse en las guías turísticas. Estaba allí, cargando a un niño del que desconocía el nombre, mientras avanzaba por entre los pastos crecidos viendo cada cierto tiempo autos pasar por la ruta, indiferentes al accidente del que, parecía ser, solo ella se había percatado.

Había marcado el 911 ni bien frenó en la banquina, luego de haber visto, no con mucha claridad, lo ocurrido. Las manos no le habían temblado al marcar los números sobre la pantalla táctil de su teléfono, que no era ni de cerca de los últimos que había en el mercado. Pero ella ni registró la naturalidad con la que había reaccionado y adoptado la postura de "lo primero es esto, luego lo otro", la tranquilidad con la que habló con el operador sin distraerse de lo urgente de la situación, como si estuviera entrenada para ello. En más de una ocasión se había levantado transpirada luego de un sueño desagradable y angustioso en el que era común que por algún motivo tuviera que llamar a la policía o emergencia y no consiguiera marcar los números correctamente por el temblor que en sus manos causaban esos nervios alterados.

Aún el tiempo le parecía estático y acelerado a la vez, un segundo o una hora, le era imposible precisarlo. Le parecía surrealista, como si no estuviera allí en realidad, como si los movimientos de su cuerpo acontecieran dejando suspendido el juicio, actuando por necesidad. Su pulso se había incrementado, y aferraba al niño contra su pecho como si le perteneciera. La imagen de los cuerpos en los asientos delanteros del auto en la zanja parecía estar flotando en su retina sin intención de diluirse jamás.

Abrió la puerta del acompañante de su auto y levantó la perilla para llevar la parte superior del asiento hacia delante: la luz interna estaba prendida y unos ojos marrones la miraban desde la parte de atrás. Atada con un pretal grueso que funcionaba como cinturón para perros, su mejor amiga los miraba, a ella y a Lionel, inclinando la cabeza hacia un lado, levantando las orejas como las personas levantan los hombros con el gesto de "y a mí qué", pero con intención opuesta, con interés. Sentó al nene y se acuclilló en el espacio que quedaba entre el asiento de atrás y el de adelante reclinado, sin percatarse de la incomodidad de la postura que estaba obligada a adoptar. Leki, la perra de cuatro años que había acogido al encontrarla de cachorra en una bolsa negra de residuos, estiró su cuello y colocó su hocico sobre las piernas de Lionel.

Laura acarició el rostro del niño, que alternaba la mirada entre ella y Leki, pero que no se había atrevido a hablar aún. Ella entendía la impotencia de la pérdida, veía reflejado en el rostro del pequeño la misma sensación que cuando tuvo el cuerpecito muerto de su hija en brazos. Con sus manitos frías y los dedos quietos, que por más que colocara su pulgar entre ellos, el reflejo de prensión no ocurría. Con los párpados cerrados y los labios inmóviles. No había llanto ni sonido alguno, al igual que en esos momentos dentro del auto que había comprado hacía poco, tras ahorrar más de un año. El silencio que le retorcía el estómago y amenazaba con despertar un llanto incontrolado, la ausencia que se imponía, el dolor que no podía expresarse por el shock de lo ocurrido, las sirenas que aún no estaban presentes, la indiferencia fría de los que pasaban a ciento veinte kilómetros por la ruta, con el sonido tan característico que indicaba que quedabas atrás.

La negrura, las estrellas y la luna cuya hermosura quedaba tan distante para ser alcanzada, la evanescencia de una vida en la Tierra frente a los millares de milenios del universo, todo eso sería lo que hubiera apreciado un día normal. Laura había cerrado los ojos para contener el dolor, para acariciar en su mente la única imagen que tenía de su hija. Ese cuerpo diminuto, pero ya formado, que las enfermeras le permitieron sostener en brazos tras darle la noticia de que, a pesar de la cesárea de urgencia, la criatura no había resistido. Esa niña, que se hubiera parecido a ella, que tendría el pelo castaño y pecas en la nariz y el mismo diente torcido en la mandíbula superior, al lado de las paletas; a quien le hubiera transmitido su pasión por recorrer las rutas del país y la capacidad de sorprenderse por los paisajes naturales, como las grutas de Necochea, los acantilados entre Miramar y Mar del Plata, la vista desde la cima del cerro Uritorco, en Córdoba, y el sonido de las aves por la mañana en medio del campo en Entre Ríos.

—¿Cómo se llama?

El susurro débil de la voz de Lionel la devolvió al presente. El nene acariciaba la cabeza de su perra, que le lamía la remera con esa capacidad innata que tienen los animales de dar consuelo, que miraba hacia arriba con sus ojos marrones escondidos entre el pelo negro y blanco como si tuviera bigotes y barba. Un aspecto imperfecto que no ganaría ningún concurso de belleza canina, pero que despertaba ternura incluso en la madre de Laura, que siempre le había temido a los perros. Que ponía su hocico sobre las piernas de las personas sentadas a la mesa a la espera de ser convidada, que no ladraba ni rompía nada, que seguía a Laura por todo el departamento recostándose en el piso al lado de la cama o bajo la silla cuando su dueña trabajaba en la computadora en el escritorio del living, que cada persona que atravesara la puerta era recibida con brincos y la panza arriba a la espera de ser rascada.

Separó los labios para responder a la pregunta sin pensarlo y le pareció que pronunciaba el nombre que había elegido tiempo atrás en cámara lenta.

—Leki.

Las sirenas comenzaron a escucharse, a la vez que las primeras gotas de lluvia impactaban contra el auto, y Laura las veía aplastarse contra el vidrio de atrás y discurrir hacia abajo, dejando una estela que se iba torciendo hacia un lado, empujada por el viento. Las luces parpadeantes azules y verdes avanzaban una tras otra por la ruta 11 desde San Clemente, inspeccionando los pastos en busca del accidente que les fue avisado por medio del sistema telefónico. Ella, acuclillada dentro del mínimo espacio entre los asientos, comenzó a arrepentirse de haber llamado, sentía la fatalidad una vez más anunciarse sobre su vida.

La estrofa faltante de la canción que estaba sonando en los parlantes del *Fiat Palio Weekend* y que no terminó de escucharse se impuso como un designio.

"Tu presencia marcó en mi vida el amor, lo sé… Es difícil pensar en vivir ya sin vos… Corazón sin Dios, dame un lugar… En ese mundo tibio, casi irreal".

Laura tomó la mano libre de Lionel enlazando sus dedos con los del nene, dispuesta a no soltarlo nunca.

Descubrir la muerte

En una casa de Martelli, sobre Laprida, a una cuadra de la avenida Bartolomé Mitre, dos nenas jugaban con agua sobre un piso de baldosas ásperas que entremezclaban puntos negros, blancos y grises. Jugaban salpicándose y corriéndose una a la otra alrededor de un fuentón de chapa en el que entraban sentadas, de los que se usaban para lavar la ropa en la época de su bisabuela, a quien solo Giselle, la mayor de ellas, llegó a conocer, pero que ya no recuerda más que de manera vaga ese rostro inmortalizado en el álbum de fotografías de su bautismo, que se había celebrado en ese mismo patio.

Daiana corría cerca de su hermana mayor buscando que la persiguiera. Corría descalza sobre la textura áspera del piso que le impedía resbalar, con su muñeca, aferrada entre los brazos, aquella que llevaba a todas partes y lloraba si la obligaban a soltarla.

Dos mujeres de más de setenta años las observaban de a ratos mientras tomaban mate sentadas sobre los bancos de material con los brazos sobre la mesa redonda haciendo juego, que estaba recubierta de mosaicos de colores con las uniones pintadas de amarillo, tan característicos y populares de una época anterior. Las vecinas habían accedido sin reparo a cuidar a las niñas mientras la familia cumplía su deber de asistencia en la misa. Las observaban y comentaban, con cariño y picardía a la vez, lo que la abuela las había querido y lo mucho que les hablaba de sus nietas en sus reuniones semanales de canasta, cuando jugaban en esa misma mesa donde estaban sentadas, en ese momento, con las cartas a un lado esperando la ocasión de repartirlas sin culpa.

Las mujeres se pasaban el mate arrastrándolo sobre la mesa de mosaicos. Detrás de ella, en una esquina, grandes macetas de cemento albergaban ocho variedades de plantas, orgullo de la dueña de la casa; una de ellas era el aloe vera, que les ponía a las niñas si se lastimaban. Las vecinas permanecían allí, pero no en silencio, eso había sido solo los minutos que pasaron por el velatorio; en aquel momento en el patio daban rienda suelta a sus opiniones, a la sombra de un cuartito que albergaba lanas, apliques y otros tantos objetos de labores manuales que habían quedado como única herencia de la inmigrante italiana, que había llegado en barco, la bisabuela de la que las nenas escuchaban relatos y a veces nombraban como la "nona Vicencina".

Las pequeñas jugaban: la más grande tenía el pelo corto y vestía una malla roja con lunares amarillos, y la pequeña tenía una trenza cocida ya bastante desecha y llevaba puesta una malla rosa con volados. Se divertían con esa simpleza de la infancia, ajenas aún al dolor de la pérdida, sin saber que ya no pasarían más las tardes en esa casa al cuidado de su nona, haciendo collares de fideos que pintaban con témpera y que pasaban por un cordel; fingir preparar comida mezclando botones de diferentes colores y tamaños; armar rompecabezas con la imagen de la Bella y la Bestia bailando en el gran salón o Blancanieves despertándose de la siesta ante la mirada atónita de los siete enanitos; construir pequeñas sillas y mesas con daquis rosas y violetas mientras la nona les pelaba la fruta y se las daba en la boca.

El día avanzaba lento y despreocupado, el transcurrir del tiempo, el mal llamado recorrido del sol, indiferente a las pérdidas. La más grande de las niñas intuyó el ligero arrastre de una puerta, se quedó quieta un momento y luego corrió a buscar el toallón de la Sirenita tendido al sol sobre la escalera que daba a la terraza, se envolvió en él y entró en el comedor creyendo encontrar a su padre. No había nadie parado allí, pero unas llaves de auto y otras de la casa estaban colgadas junto a la puerta a un costado del mueble que ocupaba la pared donde estaba el televisor de madera con perillas a la derecha de la pantalla para cambiar los canales, que a la nena le parecía una antigüedad comparado con el de su casa.

Giselle pasó por al lado de la mesa de melanina blanca que su nono había construido hacía varios años y se puso delante del teléfono a disco, de color verde, con el que le gustaba jugar cuando no la veían. Allí, quien había entrado había dejado un sobre marrón que la nena, impulsada por la curiosidad, tomó entre sus manos. La solapa estaba cerrada pero no pegada, así que sacó lo que había en su interior: fotografías, todas iguales, de una mujer mayor con la piel pálida y los ojos cerrados. Reconoció a su nona con su cabello castaño y su vestido verde, estaba recostada entre sábanas blancas con las manos sobre la panza, sosteniendo unas flores rojas.

Los cachetes de Giselle perdieron su habitual tono rosado y los labios se le pegaron impidiéndole pronunciar; el ruido de unos pasos acercándose por el pasillo le hizo levantar la vista. Respiraba por la nariz mirando alrededor sin mover la cabeza, temerosa con la sensación de estar siendo acechada. Con las manos temblando guardó las fotografías en el sobre y éste bajo el teléfono. Dio un paso tras otro hacia atrás sin sacar la vista del pasillo a oscuras. Tanteó con la mano el picaporte y solo se giró hacia el día resplandeciente una vez que la puerta de madera estuvo cerrada.

Doña Tita y la otra mujer, que Giselle no recordaba haber visto antes, continuaban jugando a las cartas en la mesa de mosaicos de colores, y su hermana bañaba a la muñeca en el fuentón. Ella fue hasta la escalera y se quedó sentada allí, en el cuarto escalón, envuelta en el toallón como si temblara de frío, sin poder dejar de pensar en el rostro pálido que aparecía en las fotografías. La imagen, desgarradora, se grabó en su memoria para siempre. No sabía que en Sicilia se acostumbraba enviar fotografías de los muertos en el ataúd, no entendería jamás que una persona quisiera guardar ese recuerdo. Ella hubiera preferido no haberlas visto.

El padre de las nenas apareció en la puerta del patio con pantalón de traje y corbata gris. “Vengan a comer”, dijo arremangándose los puños de la camisa blanca, con un tono de voz que intentaba ser elevado y aparentar normalidad.

Doña Tita dejó las cartas y el mate y se acercó a Daiana, que levantó la vista para sonreírle a su padre, que volvió a meterse rápido en la casa. La vecina le apoyó el toallón sobre la espalda a la pequeña y le pidió que se levantara para envolverla con la tela. La pequeña tenía las manos llenas de espuma por refregar el pelo de su muñeca con un jabón que, en un momento que nadie se percató, había tomado del baño. "¡Pero qué desastre!", dijo la vecina al verla así e hizo un esfuerzo extra por armarse de paciencia.

"Vamos adentro", le dijo a Giselle la otra mujer sin darse cuenta de los tormentos de la niña. Ella obedeció aliviada porque alguien le dijera lo que tenía que hacer. Porque no habían descubierto que había hecho algo que no debía, algo por lo que sentía un dolor en el pecho más fuerte que cuando sin querer había roto la bailarina de la caja de música que su padre atesoraba, como recuerdo de su esposa.

Giselle se sentó a la mesa sin ánimo para ninguna de las riñas habituales con su hermana. Tomó un trago de agua y contempló la comida mientras su padre servía los platos. Vicente había comprado pollo al espiedo en la parrilla de siempre, en la esquina de Mitre y Zufriategui. Las nenas solían acompañarlo a comprar cada domingo cuando regresaban a su casa, luego de los fideos con tuco del almuerzo y los panes caseros de la tarde. Compraban y volvían a la casa, así él se ahorraba el tener que cocinar y podía acostarse temprano con sus hijas a ver una película de dibujos animados. Las niñas pronto se quedaban dormidas a su lado y en más de una ocasión la cinta *V.H.S.* siguió girando hasta llegar al final mientras los tres dormían.

Comieron sin apresurarse. Doña Tita le cortaba el pollo a Daiana y se lo acercaba a la boca con el tenedor, pero la pequeña se distraía tratando una y otra vez de hacer reír a su padre con morisquetas, pero ese día no era posible. Luego de un rato dejó de intentarlo y se quedó cruzada de brazos apoyada contra el respaldo de la silla haciendo puchero.

La mayor de las nenas miraba a Vicente de reojo mientras comía lento, sin interés, guardando un inusual silencio en ella a la hora del almuerzo. Los ojos de su padre parecían inflamados, parecía triste. A ella le pareció recordar una vez lejana en la que él también se veía así, pero no tenía la imagen clara en su memoria, aunque se le ocurrió cuál podría haber sido la ocasión. Ambas nenas lo abrazaron fuerte antes de que él tuviera que volver a marcharse; su hija mayor intuyó las lágrimas contenidas en la fuerza inusual de ese abrazo.

Giselle se quedó parada al lado del teléfono a disco mirando hacia el pasillo oscuro, percibiendo el eco de los pasos que descendían por la escalera hacia la calle. A su espalda, su hermana hablaba con su muñeca, indiferente al hecho de no recibir respuesta por parte del juguete. Las vecinas recogieron las sobras del pollo y pasaron un trapo mojado sobre la mesa, pero dejaron los platos y vasos en la bacha de la pileta de la cocina sin lavar.

Volvieron a salir al patio, las mujeres querían terminar el partido que habían dejado empezado cuando Vicente anunció que estaba la comida. Les dijeron a las niñas que jugaran sin mojarse y se sentaron a la mesa de mosaicos de colores. Giselle las observó durante unos momentos, incómoda con sus voces estridentes que hablaban aceleradas, indiferentes al dolor que ella sentía en su pecho y al silencio que ansiaba, pero se olvidó de las vecinas cuando vio a un gato atigrado que caminaba sobre la cornisa que iba desde la escalera hasta el cuartito de manualidades, aquel en el que la nona cosía a máquina ropita para las *Barbie* de sus nietas, en el que fotos en blanco y negro en grandes marcos ovales cubrían las paredes zambullendo a quien cruzara la puerta en una época anterior. Recuerdos que no olvidarían: una habitación cuadrada en la que el baúl con los ovillos de lana, las cajoneras con botones y el armario con ropas antiguas serían fragmentos de colores que siempre les traerían nostalgia.

De pronto, Daiana se abalanzó hacia el gato gritándole, el animal pegó un salto intentando trepar a la pared lateral, pero no consiguió llegar a la minúscula ventana y resbaló al desprenderse otro fragmento de la pintura que se descascaraba. Cayó golpeándose la cabeza con unas rejas horizontales que cubrían un patio pequeño donde unos generadores de gran tamaño funcionaban a toda potencia emitiendo un sonido atronador. Las rejas eran una medida más de seguridad del banco que funcionaba abajo, que tiempo antes de que las nenas nacieran había sido una carpintería perteneciente a su nono y un socio, también siciliano. El gato continuó cayendo ante la mirada atenta de las niñas trepadas a la pared, descendió hasta tocar el piso, y allí permaneció inmóvil, de costado, con las patas para uno de los lados. Los segundos transcurrían y el animal no despertaba.

—¿Por qué no se levanta?

Una pregunta inocente de una nena de cinco años a su hermana de ocho que temía pronunciar la respuesta en voz alta. Giselle apoyó su brazo sobre los hombros de Daiana y le dio un beso en la mejilla.

—Porque está muerto.

Inocencia peligrosa

Jimena se bajó del 161 en la calle Laprida donde termina Martelli. El colectivo volvió a arrancar, y ella se vio de frente a los monoblocs construidos por el Gobierno a los que debía dirigirse. A su espalda, una pared inundada de grafitis delimitaba el espacio de lo que en otro tiempo había sido una fábrica metalúrgica. Cruzó la calle aferrando las tiras de su mochila de jean y, detrás de un camión de *La Serenísima*, vio a su amiga sentada en la parada del colectivo opuesta. Saludó a Cintia y la siguió por el caminito de piedras que cruzaba el espacio de pasto con un subibaja y tres columpios, de los cuales dos tenían el asiento que colgaba hacia abajo con la cadena tocando el piso. Se dirigieron al tercer bloque de cemento rectangular, aquel que se encontraba escondido entre los otros dos. Todo el conjunto de la construcción estaba pintado de verde musgo, pero en ciertas zonas se veía descascarado, y las grietas lo recorrían como várices en las piernas de una mujer mayor.

Subieron por la escalera hasta el cuarto piso sin toparse con nadie. Eran las siete de la tarde y el ruido de la calle se colaba por los pasillos. Había olor a porro, pero Jimena no se dio cuenta, sí sintió un aroma raro, pero no sabía que era. Entraron al departamento, y su primera impresión fue que era muy diferente del exterior. Por dentro estaba pintado de blanco, con estantes atiborrados de objetos decorativos. Saludó con educación a la madre de su amiga, que se dirigió a la cocina para llevarles jugo. Había un hombre en la sala, sentado a la mesa circular de plástico, escrutando un periódico abierto en la sección de empleos. Levantó la vista y les dijo "Hola" a las chicas, ellas respondieron de igual modo. Jimena se lo quedó observando, estaba apenas excedido de peso, mucho menos que su padre, que ya llegaba a los ciento treinta kilos y las camisas le quedaban con los botones tirantes, dejando ver parte de la piel.

Allí, sentado en el comedor con la mesa de por medio no se le veía, pero ella sabía que le faltaba una pierna, de la rodilla para abajo. El padrastro de Cintia era excombatiente de la Guerra de Malvinas, lo había visto una vez que había ido a dar una charla en el colegio cuando aún estaban en la primaria. De eso ya hacía unos años, y no recordaba ni una de las palabras del hombre ni de la maestra, pero sí la impresión de todo el grado al verlo aparecer con las muletas y la pernera del pantalón de jean doblada.

A pesar de que conocía a Cintia desde la infancia, esa era la primera vez que visitaba su casa. En la primaria el colegio, la Escuela N° 13, quedaba en Florida, donde vivía la mayoría de los compañeros del grado. La madre de Jimena prefería que se juntaran a jugar y hacer los deberes en su casa. A las otras nenas les encantaba pasar las tardes en ese lugar amplio, que albergaba una casa de *Barbie* que su padre le había construido con unos bloques encastrables de plástico que había traído del trabajo, que tenía la altura de las niñas de pie. Y amaban las meriendas que la niñera les preparaba. Incluso en la vida adulta rememorarían sonrientes esa mesa rectangular de vidrio con tazas para todas, la jarra con leche tibia, la botella de *Cepita*, el *Nesquik*, los cereales *Kellogg´s* y las galletitas *Pepitos, Okebon* y *Terrabusi*.

Jimena y Cintia ya tenían dieciséis años y estaban en la secundaria, ambas en el Patricias Argentinas en Villa Martelli, pero en el sorteo les había tocado diferentes turnos. Jimena iba a la mañana y su amiga a la tarde, pero cuando coincidían al mediodía en la espera para la clase de gimnasia que era a contra turno, ambas conversaban como en la primaria. Jimena era una "chica bien" y esto le parecía aburrido, estaba deseosa por conocer el mundo emocionante que le relataba su amiga, de las salidas nocturnas, los besos con lengua, de tomar alcohol.

Había insistido, llorado y rogado, traído excelentes notas y ayudado en la casa durante los últimos cuatro meses para que la dejaran asistir a esa fiesta de egresados en San Martín, en la que estaría todo el colegio. Hacía tres años que sus padres habían dejado de utilizar el método de las caritas alegres o enojadas sobre una grilla para decidir si merecía un premio o si debían negarle algo que quisiera. Pero, aunque la hoja no estuviera ya sujeta a la puerta de la heladera con imanes, ella sabía que sus padres seguían llevando la cuenta de forma mental. Incluso en ciertas ocasiones, como cuando se lavaba los dientes antes de dormir, en especial los viernes, los escuchaba hacer balance sobre su comportamiento. "Esta semana trajo un nueve… me levantó la voz el lunes a la mañana… estuvo más tiempo del que le permitimos en la computadora…".

La madre de Cintia volvió de la cocina con una bandeja con dos vasos llenos y una pila de galletitas dulces en un plato verde de plástico al igual que los vasos. En ese momento se escucharon unos ruidos provenientes de afuera, un estruendo similar a disparos, a un choque, al acelere de una moto. Jimena no sabría decir que había sido y se sobresaltó, sí, pero solo fue un acto reflejo; en cambio, el padrastro de su amiga, en quien seguía teniendo la vista fija, tembló como si tuviera un espasmo, el café se le derramó un poco sobre la mano, pero no le prestó atención y ella intuyó que la sombra que surcaba su rostro era consecuencia de sus recuerdos traumáticos. "Vamos a la pieza", le dijo Cintia, que había tomado la bandeja que su madre le ofrecía. Jimena la siguió por un corto pasillo y entró en la habitación, pero la imagen del hombre estremecido por el ruido no se borraba.

¿Las guerras en la vida real serían como en las películas? ¿Qué versión de personaje encarnaba ese hombre allí sentado en el comedor buscando trabajo? Recordaba *La tumba de las luciérnagas*, que habían visto con la maestra de Sociales en séptimo grado, pero esa era otra versión de la guerra, donde no aparecían soldados, pero el mensaje que transmitía era fuerte y claro: no existía motivo que pudiera justificar tanto dolor.

—La Tierra llamando a Jimena, hola —decía su amiga agitando los brazos frente a su rostro.

Jimena se disculpó por haberse quedado abstraída y sugirió poner música mientras observaba a su alrededor. Allí la decoración era diferente al resto de la casa y a su propia habitación. A ella nunca la dejaron sacar el blanco de las paredes ni mover ningún mueble de lugar, por más que hubo insistido. La guarida de su amiga tenía las paredes violetas y había posters pegados con cinta, una pila de ropa sucia en un rincón y un amontonamiento de papeles, maquillaje y frascos sobre el escritorio. Ese sería su cuarto ideal, incompatible por supuesto con la adicción al orden de su madre, que la regañaba si dejaba la taza de la merienda sucia en la bacha de la cocina y que nunca aceptaba un "después lo hago"; imposible ganarle esa lucha a su madre, que no se acostaba si la casa no estaba impecable, pero que dormía con pijamas viejos y remendados por "comodidad".

A las nueve de la noche, la madre de Cintia golpeó la puerta y entró con un plato de empanadas en una mano y una jarra de jugo en la otra. Las dejó sobre una cajonera que estaba junto a la puerta y volvió a salir. Jimena, que estaba sentada en un banco frente al espejo mientras su amiga le planchaba el pelo con la habilidad que delataba la costumbre, vio a la mujer dejar la comida y marcharse. A ella le tenían prohibido comer en la habitación y la sermoneaban si se demoraba cinco minutos en ir a sentarse a la mesa cuando la llamaban para la cena. Sintió envidia, pero se negó a pensar en eso y se abocó a disfrutar, estar contenta y ansiosa por la experiencia que viviría esa noche.

Durante todo el tiempo que estuvieron en la habitación hablaron de los chicos del colegio. Y hablaron de sexo, que era un tema frecuente entre las chicas de su edad y que a Jimena le daba vergüenza pero a la vez mucha intriga. Tenía una idea distorsionada sobre el tema, en su mente solo para el hombre era placentero, y la mujer debía tolerar el dolor y el sangrado. Ideas que se le fueron fijando de tanto escuchar a su abuela decir que en la noche de bodas estaba muerta de miedo y que llamó a su propia madre llorando, y otros comentarios de otras mujeres en el círculo familiar, sumados a los comentarios machistas que hacían los varones de su clase en cada ocasión que se les presentaba. Sentía terror. Pero a pesar de eso, lo anhelaba, no podía evitarlo. Le costaba sobremanera hacer a un lado la insistencia de su cuerpo. Su amiga tenía ya unas cuantas anécdotas para contarle, incluso en los lugares que ella nunca se hubiera atrevido jamás, como en la plaza a dos cuadras del colegio o el baño de un pool cercano. Se sintió abochornada cuando Cintia le mostró un mazo de cartas que, en lugar de copas, espadas, bastos y oros, tenía imágenes de hombres desnudos, musculosos y con penes demasiado grandes para ser reales. No se atrevía a levantar la vista, sabía que debía tener los cachetes como tomates. Su amiga comenzó a reírse y Jimena supo que era por ella, se mordió los labios muerta de vergüenza y dejó las cartas a un lado sobre la cama.

Cuando salieron estaba oscuro, un grupo de chicos bebían cerveza de la botella amontonados en el subibaja de la pequeña plaza que estaba delante. Jimena sintió el mismo olor extraño que había sentido en el pasillo, al pasar cerca de ellos. "No los mires", le dijo su amiga en un susurro, la agarró del brazo y continuó caminando como si no estuvieran allí. Les gritaron cosas que ella no llegó a entender. Cruzaron la calle y esperaron el colectivo en silencio.

Antes de salir, Cintia y su padrastro habían tenido una discusión, pero ella no había llegado a escuchar la conversación por quedarse remilgada en la habitación, no por educación, como se pensaría de ella, sino por temor. Ver al hombre aparecer en la puerta de la pieza, con su aspecto serio y con lo que Jimena sabía de él, le infundió un temor extraño y desconocido que dejó reducida a un rincón su curiosidad. Pero sí había escuchado gritos, y cuando Cintia volvió a la pieza, la forma en que dijo “Nos vamos”, tomando su mochila sin siquiera mirarla, dejaba bien en claro que no había sido una charla agradable. Jimena se había fijado en que al cruzar la puerta de la casa su amiga se remangó la cintura de la falda para que le quedara aún más corta y le hizo un gesto desafiante a su padrastro.

Jimena no se sentía cómoda en esa parada poco iluminada con los chicos aún en la vereda de enfrente, que parecían estar observándolas. Su atuendo de pollera corta y remera escotada le hacían sentir extraña, una débil vocecita se iba abriendo paso en su mente diciéndole que era un error, que no se sentía cómoda porque eso de salir de noche no era para ella. Su amiga hablaba a su lado como de costumbre, apenas haciendo pausas para respirar, sin percatarse de que ella no llegaba a procesar todo lo que le decía.

Subió al colectivo, el 161 con el que había viajado a la tarde, y quedó sorprendida. Todos los asientos estaban ocupados por jóvenes de su edad, y que reconoció haber visto en el colegio; había muchos parados también, con botellas de *Coca-Cola* cortadas a la mitad, de las que tomaban. Su amiga se acercó a uno de los grupos y la presentó. Ella se sintió cohibida y se mantuvo en silencio la media hora de viaje, observando a todos fascinada, con la sensación de que aquello era irreal. No pudo evitar compararse con el resto. Las otras chicas llevaban polleras o pantalones rasgados de jean y remeras que marcaban sus cuerpos y dejaban a la vista parte de sus pechos. Cruzándose de brazos, se tocó con disimulo los de ella, que eran pequeños, pero que habían aumentado de tamaño gracias al corpiño armado y el relleno que le había puesto su amiga. En su mente le agradecía a Cintia por haberla dejado usar su ropa y no llevar el vestido negro con flores verdes que había elegido con la aprobación de su madre.

El colectivo se detuvo en otra parada y subieron más jóvenes. Cuando volvió a arrancar sintió que una mano le apretaba una nalga sobre la pollera de jean que tenía puesta, giró el rostro, pero los chicos ya habían pasado de largo encaminándose hacia el fondo. La música que salía de los celulares se escuchaba alto, entremezclada con las risas y el parloteo. Cada tanto alguno soltaba una guarrada en voz alta como si tuviera un megáfono, y golpeaban el techo del micro. El chofer se detuvo dos veces antes de llegar a destino, amenazando con hacerlos bajar o llamar a la policía si no se comportaban. Para Jimena, ese caos, que provocaba que el hombre al volante se lamentara de no haberse tomado la noche, era el paraíso de la libertad que venía anhelando durante los últimos cuatro meses.

Jimena siguió a su amiga, que la había tomado del brazo para bajar del colectivo, al igual que los demás. Todo el grupo caminó en bloque, aunque algunos se rezagaban ya por costarles mantener el equilibrio. Solo hicieron cuatro cuadras hasta llegar a la estación de servicio que estaba en una esquina en diagonal a la cual, de la vereda de enfrente, se alzaba el boliche al que se dirigían, flanqueado por otros dos. El frente estaba pintado de naranja y tenía un letrero con el nombre en letras mayúsculas negras, un rectángulo minimalista y poco llamativo, que Jimena no podía dejar de observar mientras su amiga había entrado a la estación de servicio a comprar chicles. Los adolescentes se amontonaban en la vereda y cruzaban la calle sin prestar atención alguna, llamándose a gritos e insultos a modo de saludo. Un auto verde, de un modelo viejo que ella no supo identificar, pasó tocando bocina y maldiciendo al chico que había palmeado el capó con la media botella de *Coca-Cola* en alto en la otra mano.

Distinguió a tres de sus compañeras de clase paradas al lado de un hombre grandote, vestido de negro, cerca de la puerta del lugar. No eran precisamente sus amigas, la trataban bien cuando querían que les pasara la tarea o hacer equipo con ella para los trabajos grupales a los que no aportaban casi nada, pero a pesar de saber que la buscaban solo por interés, Jimena dejaba que se le acercaran porque eso equivalía a enterarse de los chismes del colegio y estar cerca cuando los chicos del último año les hablaban en los recreos. Eran de las que se sacaban el guardapolvo ni bien cruzaban la reja del colegio y que sus madres iban a reclamar si algún docente les ponía una nota baja. Ella al menos tenía el consuelo de que su madre trabajaba en el microcentro, al menos a una hora de viaje, y nunca se aparecía por la escuela ni siquiera en los actos en los que repetidamente Jimena era abanderada, algo que, dicho sea de paso, no disfrutaba en absoluto. Pero cada una de esas veces sus padres le sumaban cien pesos a la caja de ahorro del banco que aguardaba paciente a que cumpliera la mayoría de edad. Ella atesoraba en secreto una carpeta de recortes sobre las ciudades y rincones del mundo que le gustaría conocer. Su familia se llevaría una gran sorpresa cuando hiciera su valija y se marchara rumbo al aeropuerto solo dejando una nota, de modo que nadie pudiera impedirle irse.

Cuando Cintia volvió a su lado, la encontró con la vista fija en el patovica musculoso y alto, que desde la otra vereda se lo percibía acariciándole el hombro a una de las chicas que Jimena había reconocido. Cruzaron tomadas del brazo en diagonal sin mirar el semáforo. La fila de la entrada ya había comenzado a avanzar, y las compañeras habían pasado primeras a pesar de no estar formadas. Hicieron la cola. Cintia era reconocida por todo el mundo y saludaba y hablaba con cada grupo con una naturalidad de la que Jimena no era capaz. Estaba embobada, se movía tras su amiga como una sombra, como un nene de cinco años que teme perderse en los túneles del subte en hora pico, pero que a su vez lo fascinan los murales pintados en las paredes, los puestos de diarios y kioscos, los carteles publicitarios, era como si estuviera descubriendo un mundo mágico.

El boliche, que no se diferenciaba mucho de la imagen exterior, era un rectángulo que daba paso a otro rectángulo más grande y paredes naranja, con el agregado de las luces de colores y la cumbia sonando a todo volumen que solo permitía escucharse hablándole al oído a la otra persona. Jimena siguió siendo una sombra de su amiga hasta que entraron los egresados, allí se distrajo: primero todo quedó a oscuras y luego, mientras sonaba un tema muy conocido pero que no sabía el nombre, las luces se centraron en una escalera al fondo y vio bajar en tropel a chicas disfrazadas de novia con cortas minifaldas blancas y velos, y a los varones de jardineros con jeans, tirantes y sin remeras. Los vio correr por los escalones y continuar hasta el centro de la pista, donde comenzaron a saltar desenfrenados hasta que el tema terminó y luego se dispersaron para seguir bailando en compañía de los amigos, primos y hermanos que habían invitado.

Jimena miró a su alrededor pero no vio a Cintia. Comenzó a buscarla pasando como podía entre la gente. Sus compañeras de clase la reconocieron y la llamaron, y se quedó con ellas un rato bailando, pero se sentía incómoda. Percibía que se burlaban de ella en un lenguaje de señas en clave que no conocía. Se excusó para ir al baño, pero la fila llegaba hasta la puerta y desde allí se sentía el olor a vómito. Se hizo paso por un pasillo y llegó a las escaleras que subió esperando ver si desde la altura divisaba a Cintia. Fue recién a mitad de la subida que reparó en la bandera de egresados: un rectángulo de tela blanca con los nombres abreviados y apodos de los de último año, encabezado por un "2006" gigante con los ceros como ojos y una boca debajo que sacaba la lengua, con un Bart Simpson, con los pantalones bajos mostrando su trasero amarillo, dibujado a la izquierda de los nombres. La elección le hubiera parecido graciosa a no ser porque Bart no llevaba sus habituales pantalones azules y remera naranja, sino que le habían pintado un atuendo militar, lo que la llevó a pensar, sin poder evitarlo, en el padrastro de su amiga teniendo un espasmo involuntario al escuchar los ruidos exteriores, que parecían disparos. Sin duda esa elección de dibujo podía ser material para el trabajo de Ciencias Sociales que la profesora les había encargado.

Otras chicas que querían subir la golpearon sin reparar siquiera en ella. Se sintió patética y furiosa consigo misma, claro que la iban a llamar “traga”, si se ponía a pensar en los trabajos de clase en medio de la fiesta de egresados a la que asistía todo el colegio. El patito feo encajaría mucho mejor que ella en ese lugar. Continuó subiendo por la escalera de metal, intentando borrar todo razonamiento de su mente, pero la imagen del padrastro de Cintia entrando al aula de quinto grado con las muletas y la pernera del pantalón doblada hacia arriba se había impuesto con toda claridad.

En el piso de arriba corría un poco más de aire y el amontonamiento era menor, caminó más relajada y vio a su amiga besándose con uno de los chicos disfrazados de jardineros que tenía su mano debajo de la blusa celeste de ella. Se quedó allí cerca apoyada contra la pared esperando minutos eternos, para poder recuperar a Cintia. No había forma, no encajaría nunca. Se sentía estúpida y angustiada, como si fuera a ponerse a llorar de un momento a otro. Había imaginado durante los últimos meses lo que sería estar en ese lugar, ser parte de la diversión y comportarse como los demás, pero era evidente que no encajaba allí. Más le valía quedarse entre los libros y olvidar ser parte de la realidad hasta que pudiera cumplir su sueño de viajar sin ataduras y ser otra. Intentó reconfortarse en los pensamientos de sus planes futuros, pero no sirvió, estaba molesta consigo misma y se sentía impotente.

"¿Jime?". El susurro en su oído la hizo darse vuelta. Damián estaba parado a su lado, mirándola con los ojos abiertos como platos, rió y ella se ofendió. Pero él se apuró en explicarle que no era porque ella estuviera haciendo el ridículo, sino solo porque nunca hubiera imaginado encontrársela allí. Se quedó con él, tomando de a sorbos largos de su vaso de cerveza. Quizás el alcohol la ayudaría a volverse más "normal", quizás él se quedaría con ella hasta que su amiga sacara la mano del trasero del chico al que estaba besando y este se marchara.

Se puso a bailar con Damián luego de que él consiguiera que riera a fuerza de hacerle cosquillas en la panza. Bailaban, él lo hacía muy bien, ambos cantaban las letras a gritos mientras el tiempo pasaba. Con la garganta ardiendo bajaron a la barra y compartieron otros dos vasos. "Debería tomar más para poder animarme a hacer algo que quiero hacer", le dijo a su amigo, poniéndose en puntas de pie para alcanzar la altura de su cara. Él se la quedó mirando y fue por otro vaso de cerveza, luego de dejarla contra la pared en un sitio donde no la corrieran a empujones.

Jimena no había terminado la bebida cuando se colgó del cuello de su amigo y lo besó. Siguieron besándose y bailando con sus cuerpos rozándose hasta que ella se empezó a sentir mareada. Damián la acompañó hasta unos bancos que de milagro tenían un sitio vacío y la dejó sola un momento para ir a comprarle agua. Cuando ella tomó del vaso con hielo de a sorbitos se sintió un poco mejor. Su amigo estaba parado a su lado, pasándole la mano por el pelo. A pesar del volumen infernal de la música, ella se relajó; el mareo y dolor de cabeza serían insoportables luego del amanecer.

Se sobresaltó cuando uno de los patovicas, vestido de negro, con las mangas cortas de la remera dejando ver sus brazos musculosos todos tatuados, apareció y agarró a la pareja que estaba sentada al lado de ella y se la llevó a empujones. "¿Por qué los sacó?", le preguntó a Damián, y él, luego de soltar una risotada, le explicó que era lo que realmente estaban haciendo. Jimena se quedó pensando en la chica vestida de novia con el velo blanco sentada sobre las piernas del chico, de frente hacia él, y saltando como si rebotara. Estaba alarmada más que cualquier otra cosa por su inocencia, por no haberse dado cuenta. Meses más tarde todo el colegio se enteraría de que esa chica había quedado embarazada y que el padre de la criatura se había desentendido.

No volvió a bailar, se quedó sentada allí con la cabeza sobre el hombro de Damián hasta que las luces de colores dieron paso a una única amarilla y la música se hizo ausente. Las puertas volvieron a abrirse y el tropel volvió a desfilar por la calle con menos firmeza que antes. "Tengo que buscar a Cintia, tengo la mochila del colegio en su casa", dijo Jimena cuando ya estuvieron afuera, con el frío previo del amanecer clavándosele en la piel. La imagen de la calle no era tan entusiasta como en el ingreso, más bien era deprimente: varios de los chicos se habían sentado en el cordón de la vereda, se sentía olor a vómito y había una chica tirada en el piso junto a la pared con la falda levantada, dejando a la vista una bombacha roja a lunares. Las puertas grandes, negras, de chapa del boliche ya habían quedado cerradas, y ninguno de los patovicas estaba a la vista. En una de las esquinas, la que daba a la avenida, dos chicas comenzaron a insultarse y se acercaron provocadoras una a la otra hasta terminar tirándose del pelo y propinándose golpes y patadas mientras otros intentaban separarlas.

Un auto celeste parecido al de Arthur Weasley frenó justo delante de donde ella estaba parada, y una chica se subió al asiento del acompañante y le dio un beso en los labios al hombre de barba y bigotes que conducía, que a las claras era al menos unos veinte años mayor que ella.

Jimena, ajena a todo lo que ocurría en la calle, comenzaba a pensar que debería asistir a clases dentro de unas horas y rendir uno de esos exámenes finales que el Ministerio de Educación había incorporado ese año como obligatorios y promediables con la nota de cursada. No le había dicho a sus padres eso, porque sabía que si no sería imposible convencerlos de que la dejaran ir, había calibrado ya de antemano que tendría sueño y que quizás no le fuera muy bien, pero era, por suerte, Matemática, y tenía un promedio de nueve, por lo que con sacarse un cuatro le bastaba para aprobar la materia. Claro que no había considerado tener resaca, era la primera vez que conocería el significado de esa palabra.

"Un cuatro", dijo en voz alta sin darse cuenta, "nada", agregó después al notar la cara de preocupación con la que la miraba Damián. Vio a un grupo de chicos acercarse y decirle a su amigo que se iban, pero él dijo que se quedaba, que tenía que esperar a alguien, mientras la sostenía por debajo de los brazos. No conseguía ver a Cintia por ningún sitio. Pero más que nada deseaba sentarse allí en el piso contra la pared y que la cabeza dejara de dolerle. Cerró los ojos e intentó que su mente estuviera en blanco, pero era imposible ignorar los gritos y motores arrancando que se escuchaban. Dos chicos se les acercaron, se dio cuenta por las voces y entreabrió apenas los ojos para ver a su amigo intercambiar un paquete transparente con algo blanco adentro por dinero. No le dio importancia y volvió a cerrar los párpados, acomodando mejor la cabeza contra el hombro que la sostenía.

Sintió que la empujaban para que caminara, y solo pudo volver a pensar con cierta claridad después de haberse tomado un café expreso grande en la estación de servicio y mojarse la cara con agua fría en los baños que presentaban el peor aspecto que ella haya podido ver alguna vez, el piso mojado con manchas de pisadas negras, los inodoros tapados, los espejos salpicados de agua y las piletas llenas de mugre. Entró y salió rápido para evitar en lo posible que le dieran arcadas. Había ido a los baños de las estaciones de servicio muchas veces en los viajes en auto a la costa cada verano, pero ni el cambio de quincena más concurrido provocaba ese estado en las instalaciones. Por un momento deseó estar en el asiento trasero del auto de su padre cantando los temas ochentosos que salían por los parlantes, protegida en su burbuja familiar.

Cuando volvió a sentarse en la silla frente a Damián se encontraba mucho mejor que dos horas atrás cuando recién habían salido. Había tratado de emprolijarse un poco el pelo mientras cruzaba la puerta de vidrio, sintiéndose lo más avergonzada que había estado nunca. “Gracias”, le dijo sin atreverse a mirarlo a la cara cuando se sentó.

Con la cabeza un poco más despejada se dio cuenta de que podía llamar a Cintia desde el celular que tenía en el bolsillo de la pollera de jean. Sacó el *Motorola C200* y descubrió un pedazo de papel blanco que no había visto antes. Lo desdobló y leyó: “¿Querés ver porno?” y la dirección de una página de internet. Lo releyó como si no creyera que eso estuviera en sus manos con un hormigueo en el vientre al recordar el mazo de cartas con los modelos musculosos. “¿Vas a llamar?”, le preguntó Damián recordándole que no estaba sola. Ella volvió a sentirse avergonzada y supuso que debía haberse puesto colorada.

Su amiga contestó por suerte al segundo tono y le prometió reunirse allí con ella cinco minutos más tarde. Jimena intentó utilizar el tiempo para averiguar que pensaba su amigo, con el que se había besado, de ella. Pero ni bien empezaron a hablar, ella se dio cuenta de que Damián no dejaba de mirar el reloj de la pared que ya marcaba las siete y veinte de la mañana. Cuando él admitió que le preocupaba llegar tarde para llevar a sus hermanos menores al jardín y a la escuela, ella se empecinó en que se fuera y esperó sola a su amiga jugando a la viborita en el celular.

No tenía ningún interés en analizar todo lo que había pasado esa noche, ni en pensar en el examen, en que llegaría tarde al colegio y le pondrían media falta que estropearía su presentismo impecable, o lo que dirían sus padres si se enteraban de que había tomado. Solo quería dormir, el cansancio le cerraba los ojos por momentos, haciendo que la sucesión de cuadrados pequeños que representaba la serpiente chocara contra uno de los laterales y tuviera que recomenzar. Cintia llegó al cabo de un tiempo, que le pareció eterno pero que no podría estimar, siquiera en un aproximado. Y en cierto modo la noche aún no había terminado.

Cuando Cintia apareció, no le dio explicaciones, solo le dijo que se fueran y comenzaron a caminar hacia la parada del colectivo que se encontraba a dos cuadras. Cruzaron de vereda para evitar a un grupo de chicos que se estaban peleando, uno tenía sangre cayendo por su mejilla desde la ceja, se movían tambaleantes y arremetían entre sí como en los enfrentamientos de animales que pasaban en Discovery Channel luego del horario de protección al menor. Ante esa situación, Jimena se estremeció, pero su amiga continuó indiferente, tuvo que apresurarse para alcanzarla ya que se había quedado atónita clavada en el piso viendo la pelea desde la vereda de enfrente.

Tenía el presentimiento de que algo andaba mal, Cintia no era de las que se quedaban calladas ni un momento. ¿Qué habría pasado? La inquietud iba creciendo mientras esperaban el 161 sentadas en el cordón de la vereda tras unos negocios de ropa, que permanecerían cerrados por al menos dos horas más.

El colectivo tardaba en llegar y Jimena dormitaba de a ratos con la cabeza sobre las rodillas. Abrió los ojos a causa de los gritos, su amiga forcejeaba con un chico mayor que ella que la llamaba "perra" e intentaba besarla. Lo reconoció, era uno de los que estaban en la plaza cuando habían bajado del departamento y cruzado la calle para esperar el colectivo que iba a San Martín.

Fue un impulso el que la llevó a ponerse de pie e intentar defender a Cintia. Se acercó tratando de alejar al chico con los brazos, pero él la empujó con fuerza. Dio tres pasos hacia atrás antes de caer al piso y golpearse la cabeza contra las baldosas de material amarillas. La conmoción la dejó tirada con los ojos cerrados. El frío de la mañana le perforaba la piel de los brazos y piernas desnudos. Se llevó una mano hacia atrás de la oreja izquierda, donde sentía una punzada intensa de dolor, su pelo estaba mojado y pegajoso. Dejó sus dedos allí, presionados contra su cuero cabelludo e intentó abrir los ojos. Con la vista nublada logró distinguir a su amiga aprisionada contra la pared con la falda levantada, parpadeó y tuvo que hacer un gran esfuerzo para volver a mirar. Cintia le había mordido en el cuello al chico hasta dejarle marcados sus dientes y éste le dio un cachetazo tan fuerte con la mano abierta que la tiró al piso.

Cintia cayó cerca de su amiga, se dobló la muñeca al intentar amortiguar la caída. Se raspó el brazo y el muslo, se incorporó apenas para ver cómo el chico recogía el teléfono de ella del piso y lo arrojaba con fuerza hacia la avenida. El pibe se le acercó y la escupió para luego marcharse. Pero todo eso Jimena ya no lo pudo ver. Ya estaba muerta.

Un lugar en el mundo

Ya habían pasado tres años, y la vida de Nohelia seguía transcurriendo. Trabajaba a tiempo completo como administrativa contable en una empresa de publicidad gráfica en la cual su tía era contadora y que, por suerte, quedaba a solo cinco cuadras de su departamento en Villa Urquiza. De noche iba a la Facultad de Psicología de la Universidad de Buenos Aires en el barrio de Once. Ni bien terminaba de pasar la tarjeta SUBE por el lector del molinete del subte o de apoyarla en el lector del colectivo, sacaba un libro de la cartera y leía. Al terminarlo, buscaba otro en la biblioteca blanca con puertas de vidrio de su departamento o en la de la casa de su hermana, que ella misma había barnizado y pintado, junto al resto de las decoraciones, cuando aún vivía allí en su adolescencia. No leía la contratapa, ni el título, solo miraba la imagen por arriba para cerciorarse de que no lo hubiese leído ya. Lo tomaba y lo colocaba en su cartera.

De lunes a viernes llegaba a su departamento a las once y media de la noche, y a las doce en punto la llamaba su madre. En esos minutos intermedios tomaba su libro de mandalas de *Frozen* y la caja de veinticuatro lápices de colores que él le había regalado, y sentada a la mesa de vidrio coloreaba una página completa antes del tercer timbrazo del teléfono de línea. Cerraba el libro y descolgaba el tubo, hablaba parada mientras miraba el placard donde estaba guardado el inalámbrico que aún no había conectado. Antes hacía listas de todas las tareas por hacer, él las detestaba, ese fue motivo de pelea más de una vez.

Con su madre al otro lado de la línea, resumía su día con un entusiasmo que le era ajeno, tratando de no dejar huecos de silencio, porque su madre enseguida le preguntaba si estaba bien, si estaba triste, si quería que fuera a quedarse con ella. Habían pasado tres años, pero su madre seguía reaccionando como si hubiera sido ayer. La conmovía, pero no la quería cerca, le daba culpa no aceptar su consuelo, pero al principio lo había intentado y no había funcionado. Por la culpa era que esperaba su llamada cada noche y le decía que estaba bien, con toda la firmeza de la que era capaz.

Colgaba en la primera oportunidad y se dirigía a la ducha. Abría la perilla del agua caliente, siempre pensando en haberlo hecho antes, pero temía que su madre se preocupara de no atender su llamado. La ducha, el agua caliente golpeando sus hombros como agujas clavándose en su piel, le provocaba un dolor refrescante en su cuerpo. Nohelia, en su mente, había clasificado el dolor en tres categorías: físico, emocional y la superposición de ambos. Había entablado como una especie de relación con ellos. Tenía en más estima al dolor físico, al intenso, porque la hacía olvidar el emocional, ese que era una constante las veinticuatro horas del día. Sin embargo, no era tan valiente para auto procurarse ese alivio, sino que a veces solo rogaba que la asaltara un dolor intenso de muelas, y cuando era así o cuando se esguinzó el pie, no tomaba calmantes, sino que se refugiaba en ese malestar físico que nada tenía que ver con la ausencia de él.

Con el pijama blanco y la toalla envuelta en el pelo ponía a hacer el sobre de comida preelaborada, arroz, fideos, *cappellettis*, esos saché que tan mal le caían al estómago, que la habían alimentado cuando era más joven, pero había jurado no volver a consumir. Se sentaba a la barra de madera oscura frente a la mesada, con el plato de alimento artificial y nocivo para ella. La pastilla para dormir junto al vaso de jugo. Se la habían recetado para el insomnio, pero ella nunca había tenido tal cosa. Antes de empezar a tomar la pastilla ella dormía, solo que cuatro horas más tarde de acortarse, cuando la garganta le dolía al punto de hacerle difícil tragar su propia saliva y los ojos le ardían provocándole dolor de cabeza. Pero dormía unas tres horas, hasta que sonaba la alarma y debía levantarse para ir a trabajar.

Nohelia pasaba el día encerrada en una oficina del tamaño del baño de su departamento y cuyas únicas dos ventanas daban una al pasillo y la otra a una oficina contigua, ninguna hacia el exterior. El aire acondicionado era un lujo con el que no contaba. En el invierno ella misma se compró una estufa eléctrica en Once, la más barata que encontró, porque su sueldo era mínimo. Su jefe la miró con los ojos entornados cuando supo de eso, pero a ella no le importó que se ofendiera. Sus compañeros pensaban que era maniática. Claro está, no sabían nada de la ausencia de él, del verdadero motivo por el cual aguantaba un sueldo mísero, porque necesitaba mantenerse ocupada mucho más de lo que necesitaba el dinero. Pero de igual manera, a pesar que su estado actual, que era innegable que algo se había alterado en ella, siempre había sido meticulosamente ordenada.

En la oficina mantenía siempre el escritorio impecable, a diferencia de sus compañeros. Ella contabilizaba información en una computadora cuya pantalla ocupaba la mitad del escritorio, tomaba la regla del cajón derecho, la utilizaba y volvía a guardarla, sus pendientes los colocaba en folios o sobres color madera en el segundo cajón. Su fondo de pantalla era la ventana de *Windows* con fondo azul. Ningún objeto personal quedaba cuando ella se marchaba, e incluso pasaba un trapo con *Blem* apenas llegaba, cada día, antes de apoyar la cartera, que jamás dejaba en el suelo.

Los fines de semana cumplía el mismo horario: la alarma sonaba a las ocho, se levantaba y se ponía a hacer los quehaceres de la casa; jamás había pasado tanto tiempo limpiando como en los últimos años. Antes, antes de que él ya no estuviera, sencillamente hacía lo mínimo indispensable, porque no le gustaba, y por eso no le daba mucha importancia. No solo su tiempo de limpieza se había incrementado, también estudiaba en cada minuto disponible, devoraba los apuntes con la misma ansiedad que las novelas que leía mientras viajaba, hacía resúmenes y mapas mentales.

Los sábados almorzaba en lo de sus padres y veía una película con su hermana, siempre con sus apuntes a cuestas por el temor a que quedara un momento en el que sus pensamientos pudieran invadirla. Tomaba mate con su madre luego de la película, que su hermana elegía con cuidado en un gesto de compasión. Sorbía de la bombilla y tragaba el agua dulce que antes solía saborear. Formaba parte de la conversación de manera ausente, con la excusa de estar estudiando. Luego volvía al departamento. A veces su padre ofrecía llevarla en auto y Nohelia aceptaba para que él no se sintiera mal, para que creyera que podía ayudarla, hacer algo por ella.

Los domingos estudiaba de corrido en una confitería a cinco cuadras de su domicilio. Pasaba allí todo el día, resumiendo apuntes y contemplando el mural en la pared de enfrente, que conmemoraba la Noche de los Lápices: ella sentía que el rostro con los ojos vendados la miraba. Por la noche cenaba en la casa de los que hubieran sido sus suegros, porque había querido seguir viéndolos, porque no podía aceptar que dejaran de ser su familia solo por el hecho de que él se hubiera ido. Cuando volvía no tomaba la pastillita para dormir, sino que se sentaba en la cama con las piernas cruzadas y el *joystick* en las manos hasta que sonaba la alarma, se metía en la ducha y salía hacia la oficina.

Pero ese año, el 27 de diciembre, sintió la misma necesidad que tres años atrás. La necesidad de irse. Salió del departamento sin dejar lista de tareas de la casa, sin una nota que pidiera perdón y dijera "Te amo mucho". Bajó en el ascensor con la mochila colgada de un brazo, con una remera blanca de manga corta, unos shorts verdes sueltos y su gorro en la cabeza para no insolarse. Abrió la puerta de calle y esta vez no miró el buzón, caminó por Congreso hasta Colodrero, cuatro cuadras y volvió a doblar, y una vez más a la estación Rosas del subte línea B. Igual que ese día hacía tres años.

Caminar por Florida fue un déjà-vu, la misma sensación de no poder más, la misma necesidad de huir. Un pie delante del otro de forma mecánica, apresurada; la gente pasando indiferente absorta en sus pensamientos, teniendo que trabajar entre las fiestas, con el consuelo quizás de recibir el año esperando las vacaciones. El bochinche de la ciudad esa vez no la hizo reír. No miraba las vidrieras ni se interesó por la pareja que bailaba tango vestida de negro bajo ese sol tan acuciante de fines de diciembre. Solo cuando llegó a la Plaza General San Martín algo despertó en ella, recordó que le había dicho que tenía ganas de que fueran a recorrerla un día. Eso había sido luego de que él la rescatara de su desconsuelo, cuando volvían en auto al departamento, que aún conservaba el espacio del placar que le había pertenecido a él vacío.

Entró a la terminal de micros de Retiro por la calle donde estaba el metrobús, tras la entrada de la estación de tren. Recorrió de manera automática el trayecto del piso de arriba hasta las boleterías del fondo, se paró frente a la joven que atendía y pidió un boleto a la Lucila del Mar.

"¿Me da el documento?", le dijo la empleada. Esta vez lo llevaba con ella, ya no había quién lo guardara en el bolsillo del pantalón cuando ella usaba vestido por si un policía los paraba en la calle la noche de Navidad. Pagó con tarjeta de débito y miró el horario en el papel impreso que le entregaron: 16.40. ¿Coincidencia? ¿Destino? Era el mismo horario que le habían ofrecido aquella vez. Recordaba cada detalle de ese día. Lo echaba tanto de menos que no podía pronunciar su nombre, y le parecía un agravio que alguien más lo hiciera.

Bajó las escaleras y entró al baño, luego siguió caminando derecho hacia una de las entradas, dirigiéndose a un lugar preciso. Se sentó en el mismo bar que esa vez tres años atrás, en la misma ubicación, y pidió lo mismo. Pero esta vez no se puso a leer. En aquella ocasión había estado leyendo a Tolkien mientras esperaba que él fuera a buscarla, ya que no había podido sacar el pasaje por no tener el documento.

El mozo le llevó el café con leche con tres medialunas, que comió mirando por la ventana abstraída, rogando que fuera a buscarla, que apareciera frente a ella, que la mirara con la comisura de los labios levantados como si sonriera, que le dijera "Te amo" y que pudiera ver una vez más el brillo de sus ojos. La gente caminaba arrastrando las valijas por los pasillos, el televisor de pantalla plana de la pared mostraba un partido de fútbol hacia donde los mozos dirigían la mirada luego de tomar cada pedido. Todo era un déjà-vu casi perfecto.

Miró la última medialuna en el plato y luego fijó la vista en el pasillo, esperando que él apareciera para ofrecérsela. Veía a la gente yendo y viniendo, pero no le resultaban más relevante que una sombra. Sentía el cuerpo entumecido, y la angustia era tan grande como la del día en que la llamaron para avisarle de lo ocurrido. Su teléfono, guardado dentro del bolsillo frontal de su mochila, sonó en ese instante. Lo sacó, lo apagó y volvió a guardarlo sin haber visto siquiera quién intentaba ubicarla. Se negó a pensar que podría ser su madre y que se preocuparía si no contestaba.

Pagó ella, no había nadie más que lo hiciera. La medialuna quedó en el plato cuando se marchó por el pasillo hacia el área de embarque. Ubicar el sitio correcto le exigió algo de concentración aliviadora. Se quedó parada al lado del número de la plataforma. Una pareja no mucho más grande que ella, con un niño pequeño de remera a rayas y un bebé solo en pañales, estaba justo a su izquierda. No necesitaba de esa imagen familiar para recordar que ellos habían planeado tener hijos, que pensaban buscarlo luego del casamiento, que era inminente. Los bebés y los niños eran una constante imposible de ignorar: estaban en los programas de televisión, películas y series, en las novelas y en los apuntes de la facultad, estaban en la calle, en el primer y cuarto piso del edificio donde vivía, estaban en ese anhelo frustrado, ese anhelo que había sido en conjunto.

Habían pasado tres años y Nohelia ya había cumplido los treinta. Su vida no era como la había planeado, su vida solo transcurría. Si el accidente hubiera sido dos meses más tarde entonces habría enterrado un marido. Solo firmar un papel generaba una diferencia abismal en la relación de una persona con otra. Pero no para ella. Ya no estaba más a su lado al despertar cada mañana, ya no la abrazaba por la espalda mientras ella cocinaba, ya no la hacía reír con desesperación a causa de las cosquillas cuando estaba triste, daba igual quién la gente dijera que había muerto. Su novio, prometido, pareja, era indistinto cómo se refirieran a él, solo se trataba de un concepto abstracto, sólo ella sabía que lugar ocupaba él en su vida.

Los anuncios del arribo de los micros se sucedían en el altavoz. El hombre de musculosa azul y brazos marcados acunaba al bebé mientras su mujer, que llevaba el pelo sujeto con una hebilla, abría un paquete de galletitas dulces y se las daba de a una a su otro hijo, sentado sobre sus rodillas. Ambos tenían los ojos llenos de cansancio, anhelantes de vacaciones, con el brillo de saber que a la mañana siguiente podrían permanecer en la cama y prodigarse caricias, sin la urgencia de tener que cumplir un horario. Nohelia miró detrás de los vidrios, hacia el pasillo interno, esperando que él apareciera, como en las películas.

"... anuncia el arribo del micro con destino Mar de Ajó dieciséis cuarenta por la plataforma diecinueve".

Nohelia levantó la vista hacia el altavoz. Aunque ya no estuviera más, seguía presente en su mente el mural de unos samuráis en batalla en la esquina de Mariano Acha a una cuadra de Congreso. Estaban pintados en detalle, con sus trajes antiguos y las katanas en alto, el fondo era naranja intenso como el atardecer de algunas películas. Las caras de los hombres eran muy expresivas, aunque no estuvieran pintados nada más que sus rostros, sus facciones daban cuenta de que habían estado en batalla, esa expresión de estarse jugando la vida era precisa. La de ella era una batalla pasiva, pero no menos ardua.

Ni bien subió al micro se refugió en la lectura. El *e-book*, con luz propia, le iba a permitir leer todo el trayecto. Pero esa vez no eligió una historia nueva, desconocida, sino que eligió *El nombre del viento*, la novela que hasta el momento le parecía la más desgarradora que había leído con un protagonista con el que, aunque en un contexto diferente, podía compartir la desolación que aún no se marchaba de sus venas.

Nohelia se volvió una persona extraña, no usaba las redes sociales ni las aplicaciones de juegos para el celular. Era un videojuego particular el que le daba consuelo en las fechas especiales, esas que son imposibles de olvidar. Con el *joystick* en la mano corría por los tejados para saltar y clavarles la hoja oculta a sus enemigos, saqueaba a sus oponentes muertos y robaba dinero de los cofres. Tres años atrás era bastante mala, y a los pocos minutos se aburría, pero ahora era una experta. Él ya no estaba, y nadie la miraba con cara de pocos amigos cada vez que salía el cartel de "jugador desincronizado". Había incorporado costumbres que nunca antes fueron de ella; no tenía a quién llevarle el desayuno a la cama los domingos.

Estaba sentada en el piso superior del micro, al lado de la ventana, con la cortina bordó corrida. La pareja con los dos nenes, que ya dormían, estaba cuatro asientos más atrás. Nohelia dejó un instante el *e-book* sobre sus piernas y dirigió la vista hacia el exterior: había oscurecido, y los campos a los laterales eran apenas distinguibles. En auto era diferente. Viajar en auto por la ruta con la negrura rodeándolos era la mayor sensación de inferioridad con respecto al universo que podía experimentar, pero al girar el rostro y verlo a él al volante la hacía sentirse con suerte.

A las once y veinte de la noche el micro llegó a Santa Teresita, y Nohelia apagó su *e-book* y lo guardó junto con la batería externa que había tenido que conectarle. Tomó la pequeña mochila de entre sus piernas y se abrazó a ella. El número tres le daba vueltas en la cabeza, no quería hacer memoria de esos últimos años, pero le sorprendía la cantidad de tiempo que había pasado, para ella había sido ayer. Tenía la constante sensación de acabar de escuchar esa voz ajena en el altavoz de su celular, mientras consultaba las ofertas para la luna de miel en la computadora, que le informaba de lo ocurrido. No recordaba cómo había reaccionado, y no había nadie en el departamento con ella cuando sonó su tono de llamada con la canción *Blue Tomorrow*, de una banda de *k-pop* que le había hecho conocer su hermana. El tema habla de no poder vivir sin la persona amada, es un ruego de desolación cuyas últimas líneas Nohelia las sabía de memoria:

"Todavía recuerdo el pasado... cuando estábamos enamorados... todavía estoy esperando a que... regreses a mi lado...", y las cantaba en coreano en ocasiones cuando sentía la necesidad de llorar, "Las lágrimas caen sobre el lado frío... de mi almohada... haré una pausa en el tiempo... hasta que aparezcas de nuevo...". Le pareció que la letra fue escrita para expresar lo que ella sentía: "No puedo soportar cada uno de estos... días sin ti ohh noo... yo te amo, eso no cambiará... yo te amaré hasta la eternidad...".

Nohelia se dio cuenta cuando doblaron en la ruta y supo que esa era la entrada de la Lucila del Mar por la hilera de árboles que veía transcurrir a su lado. Le era imposible no reconocer esa entrada tan característica con los árboles a los laterales, como las que se ven en las películas yanquis, pero que de la costa bonaerense ese pequeño pueblo tenía la exclusiva. La entrada de la ruta se llamaba Salta, y el micro seguiría avanzando unas pocas cuadras una vez que empezaran las casas hasta Catamarca. Cuando iba en auto, todos los años de su vida, tomaba las mismas calles.

El micro entró en la terminal en Catamarca y Entre Ríos subiendo la pequeña pendiente del terreno. Cuando el chofer fue a buscarla, ella ya estaba por bajar los escalones. Se tomó de la baranda para descender sin poder evitar mirar hacia atrás para espiar por última vez a aquella familia, de seguro no perfecta, pero se tenían entre sí. Fue la única en bajar, y el micro partió al instante. En la estación no había nadie, incluso el bar estaba cerrado, este y las boleterías eran los únicos negocios en la entrada de ómnibus, que tan solo ocupaba una esquina. Se colgó la mochila en la espalda, no hacía falta llevarla al frente, como en Retiro. Avanzó sin apuro pasando la vista por la construcción, antes de bajar los escalones que daban a la calle posó por un momento la mirada en la sociedad de fomento, donde, entre otras cosas, se hacían exhibiciones de patinaje. Allí el tiempo corría a otro ritmo: imposible de explicar la mutación de los minutos, horas y días con respecto a la ciudad. El solo sentir el aroma del pueblo impregnado de mar y playa permitía cierta relajación para su mente.

No recordaba ya cuándo había sido la última vez que había viajado en micro. Desde la adolescencia había deseado pasar unos días sola allí. Cruzó la calle y caminó en diagonal por el camino de conchillas para atravesar la manzana de la plaza. Pasó por al lado de los juegos que en esos treinta años habían variado unas cuantas veces. Cuando era pequeña, habían sido de metal, pintados de verde, rojo y azul. Luego los fueron cambiando de a uno. El tobogán gigante fue reemplazado por otro de menor altura, y la calesita pasó a ser de madera, con un asiento de cada color. Pero ya no estaban: en su lugar había un multijuego de madera barnizada de tobogán y escalador que se repite en todas las plazas del conurbano. La cancha de bochas, donde su nono jugaba por las tardes, tampoco estaba, pero las piñas seguían decorando el suelo bajo los árboles. Pinos y álamos daban sombra y fresco para las tardes acuciantes de verano, cuando la gente solía tomar mate allí los días en que el viento en la playa era insoportable. Horas y horas habían pasado su hermana y ella cuando eran chicas, cada verano, recogiendo piñones que le parecían insípidos, pero que a su madre le gustaban. Incluso una vez recogieron tantos que hicieron un bizcochuelo con ellos para comer en la merienda.

Siguió caminando y pasó por el mástil al que solía treparse a los diez años, estaba justo en el centro de la plaza y no recordaba haber visto ni siquiera una vez que tuviera una bandera izada. Era un tubo de metal hacia arriba, con una base de ladrillos pintados de blanco que formaban como si fueran tres escaleras de tres peldaños cada una, que se unían en ese punto común. Una placa gruesa de bronce, de las de antes, rezaba "Plaza General Manuel Belgrano, inaugurada el 7 de julio de 1968".

No era sobre la arena que surgía este monumento, sino que se erguía sobre un gran círculo de cemento del cual surgen los caminos rectos y en diagonales que atraviesan la plaza. Hacia la derecha estaba la pista de *skate* construida hacía siete años y que volvían a pintar cada temporada en una lucha vana contra los grafiteros. Se desvió del camino avanzando hacia la pista. Se sentó sobre el barral de metal que había a un lado a contemplar las inscripciones en aerosol en el lateral de la rampa iluminada por las farolas que suelen estar prendidas hasta el amanecer.

Nohelia sacó un paquete de copos de arroz de un bolsillo de la mochila y empezó a comerlos tomándolos con la yema de los dedos, mirando las inscripciones, con el pensamiento ausente. En el silencio de la noche, el viento le acercaba los susurros de las olas rompiendo y deslizándose hasta la orilla. Recordaba el estrés de buscar salón para su casamiento, con el reloj cantando el tic-tac de los días y con un presupuesto que inicialmente creían amplio, pero que no tardaron en ver que debían extenderlo para cumplir aquel sueño de forma más humilde.

Los ahorros de cuatro años de trabajo de ambos, y hubiera sido un recuerdo bonito. El dinero se usó igual, los momentos alegres no son los únicos caros; el ataúd y la sala para ver la palidez del cuerpo, y así confirmar la veracidad de la noticia, tenían que comprarse con la urgencia del reloj que dejó de hacer *tic-tac*.

Amanecía ya cuando decidió emprender la marcha, caminó unos pocos pasos hasta la Oficina de Turismo, un gran rectángulo de madera, con uno de los laterales de vidrio, en la misma plaza, donde está el cuadrado de cemento para el cajero del Banco Provincia que solo en temporada colocan, que por el momento era solo una pequeña plataforma gris. Cruzó la calle de arena y subió a la vereda a mitad de cuadra. Allí una casa con un patio adelante tenía sobre la puerta la dirección “La Rioja”; el número estaba borroso, pero debajo de aquel un azulejo de cerámica rezaba “La amistad”. Nohelia se lo quedó mirando un momento y luego abrió la pequeña verja de madera pintada de celeste que le llegaba a la cintura y entró al pasillo al lateral de esa primera casa, que no era la de su familia, pero sí la de un gran amigo de sus nonos, ambos ya fallecidos.

El pasillo rebautizado por su abuela años atrás como “largo zaguán” tenía el aspecto de no haber sido visitado durante todo el año; la enredadera del vecino se colaba por sobre la pared medianera, los yuyos estaban crecidos y había hojas secas amontonadas traídas por el viento. Abrió la puerta de plástico blanco, que pusieron como reemplazo de la que habían roto unos ladrones años atrás, cuando aún estaba él, el primer año que estaban juntos. Un vecino había llamado al padre de Nohelia para avisarle que habían entrado a robar, y él le pidió a su yerno que lo acompañara a la costa para hacerle los arreglos necesarios a la casa. El robo no había sido tanto, no habían podido entrar más allá del patio de adelante y el de atrás, pero habían roto cuanto pudieron. Entre los arreglos que se hicieron, cambiaron las puertas exteriores de madera, reemplazaron ventanas rotas, cambiaron vidrios y pusieron rejas. Un leve atisbo de sonrisa se dibujó en el rostro de ella al recordar la expresión que su novio había puesto ante ese pedido: "¿Qué voy a hacer yo cuatro horas de viaje por la ruta con tu papá?".

Enseguida el atisbo de sonrisa se convirtió en un dolor punzante en el estómago y se quedó petrificada allí en el patio delantero, donde el suelo era gris y las paredes estaban descascaradas. Las casas de la costa que solo reciben visitas en verano suelen parecer abandonadas; el pasto se empeña en crecer entre las baldosas y las ventanas de madera se revisten de tierra; las enredaderas se apropian de cuanto pueden y las arañas tejen en cada rincón. Cuando él vivía, ambos visitaban la casa más a menudo a lo largo de las cuatro estaciones, y un trapo en un viaje y la cortadora de césped en el otro hacía que la casa tuviera vida todo el año.

Aunque con una sensación de abandono todo seguía estando tal cual, las paredes y las baldosas la envolvían en el calor de lo conocido, de esa seguridad de lo que no cambia con el paso del tiempo. Abrió la segunda puerta, la de la casa en sí, y, sin necesidad de usar la linterna del celular, fue hasta la cocina y levantó las llaves de la luz. Al instante la heladera emitió su sonido característico, como un ronroneo agudo y estrepitoso, pero ella no se alteró. Apoyó la mochila sobre la mesa del comedor, prendió las luces y cerró las dos puertas con llave. Sabía exactamente dónde estaban las sábanas y le tomó muy poco tiempo ponerlas en la cama. Solo se quitó la gomita del pelo poniéndosela en la muñeca antes de acostarse.

Pensó en la pastilla solo un instante; en esa casa que la había visto crecer no necesitaba aparentar. Cada picaporte y cada mueble podían oler su dolor. Las sábanas rojas con flores la acunaron, sabiendo que él ya no estaba, sintiendo su ausencia. No la escucharon gritar ni tuvieron lágrimas que secar. Nohelia se hacía una bola cada vez más pequeña, apretándose las piernas contra su estómago; comenzó a sentir que su cuerpo volvía a cobrar protagonismo, que no podía contener aquello que luchaba por desbordarla. Tuvo miedo, nunca antes había tenido tanto miedo, nunca se había sentido tan indefensa. No pasó mucho tiempo hasta que se quedó dormida, con la esperanza de soñar que él la abrazaba.

Despertó sin saber qué hora era, con un resquicio de luz colándose entre los postigos de la ventana. Fue al baño, se lavó la cara y los dientes, luego se quedó contemplando el vaso con los cepillos de dientes. Allí estaba el de ella de pequeña, con la imagen de Minnie, otros dos azules que nadie podía decir a quién le pertenecían, y el blanco y verde que había sido de él.

La luz inundó el comedor al abrir la puerta principal. Volver una y otra vez a la misma casa hacía que los recuerdos surgieran de cada punto en que posaba la mirada. Los objetos cada vez más desgastados, como la radio de la esquina, el reloj de pared, el gancho para la llave junto a la puerta que da al patio de atrás nunca fueron movidos de lugar desde que Nohelia tenía memoria. Fue a la alacena donde dejaban algunas conservas de un año para el otro, moviéndose de forma mecánica. Tomó una lata de arvejas y un sobre de jugo en polvo. Cada plato, vaso y tenedor seguían en el mismo sitio en el que estuvieron quizás desde que habían comprado la casa. Su nono había construido todos los muebles que se encontraban allí, ella lo sabía. Acarició la madera de las puertas corredizas que separaban la cocina del resto de la casa. La madera le transmitía más sensaciones a ella que a otros, porque sus dos abuelos habían sido carpinteros y él también.

Se sentó sola a la mesa a comer en silencio. La mochila estaba frente ella, pensó en mandar un mensaje de WhatsApp para avisar a su madre y al trabajo, pero por primera vez solo desechó su preocupación por los demás. Dentro de ella solo quedaba espacio para su propia compasión. Pedía a gritos a sí misma ser sincera y afrontar los desgarros de su cuerpo que hacía tres años intentaba suavizar. Algo en lo más profundo de su esencia quería, necesitaba e imploraba dejar que el dolor la consumiera y ver arder todo lo que había sido, que ya nunca más podría volver a ser. Ella no era ella y no volvería a serlo jamás, su fortaleza exterior ya no podía aguantar los ladrillos de ese castillo cuyos pilares se habían derrumbado.

Eran las seis de la tarde cuando sus pies recorrieron La Rioja, solo media cuadra hasta Rebagliati, y luego de doblar, tres cuadras hasta la playa. Ya por esa época la costa bonaerense albergaba la primera tanda pequeña de vacacioneros. En dos días serían muchos más los que llegarían para contar la cuenta regresiva y alzar las botellas sobre la arena frente al mar bajo los fuegos artificiales de los que pudieran permitírselos, y los de Aguas Verdes, San Bernardo y Mar de Ajó. A la una de la mañana tomaría protagonismo el muñeco que se quema en el baldío en la diagonal a la plaza. Allí en la esquina de Catamarca y Rebagliati esperaría paciente desde la tarde una figura a veces con forma de estrella de mar, de barco, de Bob Esponja o Minion, que con una colecta de los vecinos residentes llena el cielo por media hora con luces de colores. Luego habría que desandar el camino en dirección hacia el muelle otra vez. En Rebagliati, entre Costanera y Mendoza, comenzaría el baile con la familia y amigos, con los nenes pequeños durmiendo en los cochecitos o en brazos de sus padres. Los perros del lugar pasearían entre la gente, con la mayor calma, y si tendrían suerte recibirían algunas caricias antes de las cinco de la mañana, momento en el que se rompería el encantamiento y la gente se dispersaría hacia sus camas.

Nohelia caminaba por Rebagliati pasando por al lado de la casa de ropa, el locutorio, el restaurante con ventanales de vidrio, la óptica, el supermercado, recordando el fin de año anterior al accidente. Esa vez no había habido muñeco a causa de la lluvia de la tarde, y su familia se había vuelto a la casa temprano, pero él la había complacido en quedarse a bailar. Estaba cansado, ella lo notaba y le daba ternura que no le pidiera irse, que siguiera allí bailando semidormido para complacerla.

Cruzó Mendoza con el pecho palpitándole, con las lágrimas agolpándose tras sus párpados y con la garganta seca, deseando más que nada en el mundo poder besarlo. La última cuadra la recorrió por la calle, aún eran pocos los autos que transitaban por allí. Avanzó mirando hacia el frente, pero sin registrar nada delante de ella. La entrada del muelle, con sus escalones de piedra beige y sus bancos de cemento, la vio pasar, pero no logró retenerla. La arena en la bajada a la playa aún no había sido barrida, y los aspersores al otro lado murmuraban al escupir el agua de riego.

El mar estaba bajando, la arena iba en capas de diferentes tonos más marrones hacia la orilla. La pintura en el desagüe que iba hacia el mar desde la calle seguía estando desde hacía más de cinco años. Era la imagen de una sirena, ya percudida, pero que se seguía distinguiendo el color verde de su cola y el pelo largo rubio, extendida, como nadando, sobre el tubo pintado de celeste. Nohelia se sacó las ojotas y avanzó hasta que sus pies tocaron el agua. La sensación fría le resultó reconfortante. En el piso, a sus costados, veía los pequeños agujeritos que indicaban que allí había almejas, vino el resquicio de la ola y las sacó a la superficie para que enseguida volvieran a enterrarse con sus lenguas. Cada verano su madre le recordaba que ella de pequeña les tenía miedo a esas lengüetas que asomaban entre las conchas.

A las siete era poca la gente que todavía seguía en la playa. El viento soplaba, pero aún era calmo. Se adentró más en el mar mirando no el horizonte sino las barandas blancas del muelle, las anchas columnas de madera maciza que lo sostenían y la garita de resguardo en la punta por si levantaba viento en la noche o comenzaba a llover. Recordaba estar allí arrodillada junto a la baranda al lado de su padre de pequeña, mirando cómo él bajaba y subía la red. Tenía una panera cuadriculada de plástico en la mano, lista para recoger los cornalitos y arrojarlos dentro del balde amarillo, mientras su acompañante era el que maniobraba con el palo de la caña del mediomundo.

De niña la llevaba su padre, pero con el paso de los años no quiso hacerlo más por el esfuerzo que se requería, entonces ella lo convenció a él, a quien por solo cuestión de días no fue su marido. Lo convenció y fueron los primeros dos veranos, pero luego ya no. No había pesca. ¿La contaminación? ¿El cambio climático? Le hubiera gustado que él pudiera vivir la sensación de sacar la red llena y de volver a la casa con el balde rebosante. Aunque no hubiera pesca, para ella era merecedor levantarse a las cuatro de la mañana para contemplar el amanecer en el muelle: los primeros rayos del sol reflejándose sobre el mar, la sensación de calidez en aumento luego de dejar atrás la hora más fría previa a la salida de la gran esfera amarilla.

Cuando volvió la vista al mar, al horizonte, pensó en aquellas escritoras que se habían adentrado en el agua para no volver. En Virginia Wolf, que se metió al río con piedras en los bolsillos por no tolerar más su trastorno bipolar; en Safo de Mitilene, poeta griega que se dice que se tiró al mar desde una roca por un amor no correspondido; en Alfonsina Storni, que se suicidó arrojándose desde una escollera en Mar del Plata a causa de una profunda depresión que le produjo el cáncer de mama. De Alfonsina, cuenta la historia al estilo romántico, que se internó caminando lentamente en el mar.

Más le gustaría a Nohelia tener el valor. Sería irónico, ella, que en pleno enero no se mete al mar más que hasta las rodillas. A él le gustaba el agua, se metía a nadar luego de cada caminata, permanecía al menos media hora mientras ella lo esperaba leyendo en la playa, sentada en una reposera. Él, cuando volvía, se quedaba parado frente a ella para secarse con el sol, le hacía sombra a propósito para hacerla enojar y se reía de su cara de pocos amigos. Luego se sentaba a su lado en la otra reposera y preparaba el mate, a la vez que ella cortaba el budín para que ambos comieran.

Una pelota de fútbol chocó contra su pierna e hizo que se girara hacia atrás. "¡Disculpe, señora!", le gritó un pibe más joven que ella. "No soy señora, no estoy casada", fueron las palabras que le pasaron con un gran pesar por la mente.

La escultura de arena que el mismo hombre armaba todos los años durante los primeros días de enero estaba casi terminada. Nohelia no sabía la fecha exacta de su presencia, pero era constante todos los años desde al menos diez. Su mujer siempre a su lado le cebaba mate, mientras él rociaba su caracol gigante de arena con una manguera conectada a un tubo cilíndrico de plástico, y luego se arrodillaba para tomarle fotografías desde diferentes ángulos con una cámara que lo más probable era que fuese profesional. Las pocas personas que habían quedado en la playa se acercaron para felicitarlo y tomar sus propias fotos con sus celulares. El hombre les estrechaba la mano y les entregaba una pequeña tarjeta con la dirección de su sitio web, al que Nohelia, junto a su madre y hermana, había ingresado a chusmear hacía algunos años.

Nohelia caminó hacia los médanos y se sentó allí con los arbustos detrás, de cara al mar. La playa de la Lucila del Mar es diferente a las de los otros pueblos, no en el tipo de arena ni el color del agua, sino por su extensión, suele ser más amplia, y por sus médanos. Está separada de las calles por médanos de varios metros, con arbustos continuos que albergan además una sucesión de eucaliptos de frondosas ramas del lado de la calle. Los arbustos son un reparo del viento, Nohelia lo sabe bien, allí se resguardaban cuando aún quedaba sol para disfrutar, pero no era posible sentarse cerca del mar sin que la arena le entrara en los ojos. Ese es uno de los "trucos" de la gente que conoce el lugar, y ella lo había compartido con él.

Se abrazó las piernas y contempló el mar mientras las lágrimas se derramaban por sus mejillas, mientras la que había sido moría para siempre, mientras decía adiós con todo su ser. Ese pueblo era para ella su refugio constante, su lugar seguro en el mundo, y no solo lo había compartido con él, sino que él se había enamorado del lugar al igual que ella.

Habrá, en la biblioteca, un libro que no leeremos nunca; habrá un puerta cerrada para siempre y un espejo en que no nos reflejaremos ya.

Alicia Jurado,
en *Genio y figura de J. L. Borges*

Índice:

E-mail:
jesicasabrinacanto@gmail.com

Web:
jesicasabrinacanto.wixsite.com/sitio

Facebook e Instagram:
Jesica Sabrina Canto

www.ingramcontent.com/pod-product-compliance
Ingram Content Group UK Ltd.
Pitfield, Milton Keynes, MK11 3LW, UK
UKHW041829200726
13854UKWH00002BA/903